焼きそばうえだ

さくらももこ

集英社文庫

もくじ

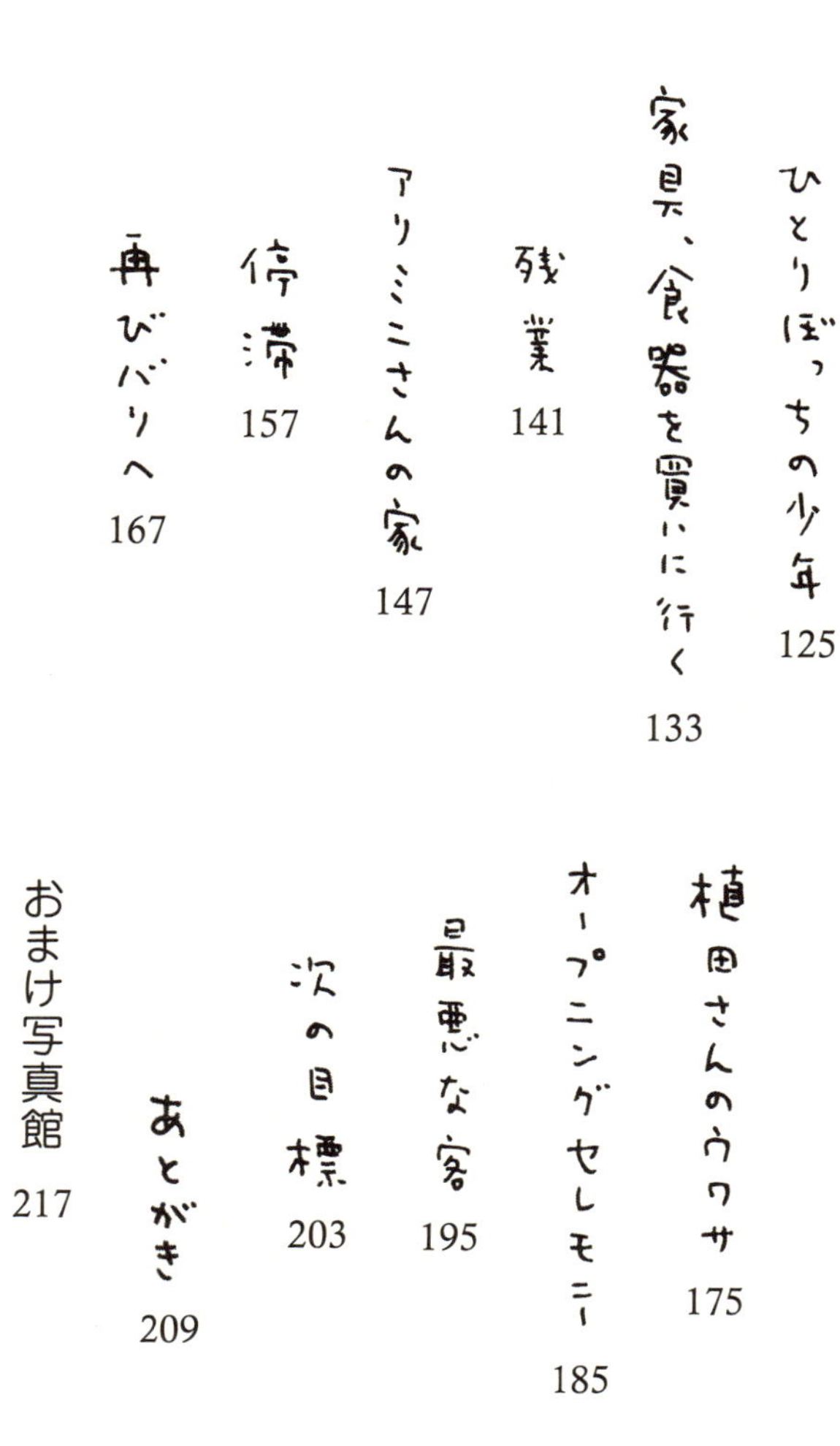

本書は二〇一〇年二月、小学館文庫として刊行されました。

単行本　二〇〇六年五月　小学館刊

ブックデザイン　西野史奈（テラエンジン）

焼きそばうえだ

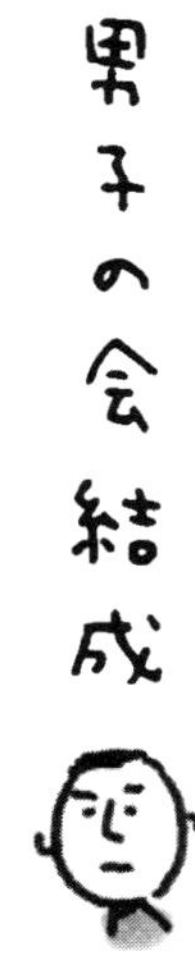
男子の会結成

「バリの長尾(ながお)から、ただの長尾になりました」そう言いながら、長尾さんがバリから帰ってきた。

長尾さんは資生堂(しせいどう)の社員だが、〝バリにスパ・リゾートを造ってこい〟という指令を受け、それから八年間バリでスパ・リゾートを造るハメになったという、ちょっとした伝説の男だ。

私はそのスパ・リゾートを取材しに行き、長尾さんと知り合った。普通なら、海外で知り合った人とはその場限りでそれ以降の交流は無いものなのだが、長尾さんと私は非常にくだらない話で気が合い、その後もコツコツ連絡を取り続け、長尾さんが用事で日本に戻るたびに必ず会って酒を飲んでくだらない話をしていた。

このように、長尾さんと私はくだらない話が基盤となり、遠く離れていても友情を大切にしていたのである。こんなくだらない友人は、めったにいないとお互いに思っていたのだろう。

で、今までは「バリの長尾さん」と呼んでいたのだが、遂(つい)に帰国したのでただの長尾さんになったというわけである。

私は長尾さんの帰国を大いに喜び、早速くだらない話をして盛り上がった。大みそかにもくだらない話をして年を越し、正月もくだらない話で過ぎていった。

一体どんなくだらない話なのかといえば、小学校の男子レベルだと思って頂いて良い。犬のウンコとかチンポとかガイコツとか、だいたいその程度のくだらなさである。それを国境を越えてまで大切にし、年末年始も台無しにして喋(しゃべ)っていたのだ。

そんなある日、長尾さんと私は『男子の会』を作る事にした。こんなに愉快な会話は、ふたりでしていたらもったいないと思ったのだ。ぜひとも仲間が欲しい。

長尾さんと私は、メンバーにふさわしい人を考えた。この会にふさわしい人の条件は、まずくだらない話に呆れない事、短気じゃない事、くだらなさに対して深い理解がある事、くだらないわりにはやたらと下品でない事、どことなく男子ふうな気配がある事などなど、つかみどころのない条件を幾つもクリアしなくてはならず、条件に合ったのはたった三人しかいなかった。

選ばれたのは小学館の江上さんと山崎君、そしてＴＢＳの植田さんだ。江上さんと山崎君は私の担当で、植田さんは、私の漫画『コジコジ』という作品のアニメ化の時に知り合い、それ以来の友人だ。

この三人は、別に自分から望んで入会したいと言ったわけではないので、私が一方的に「男子の会のメンバーに決まったから、集合するようにね」と連絡したところ、三人とも「は？　何ですか、ソレ」と電話の向こうでナゾ感に包

男子の会のメンバー

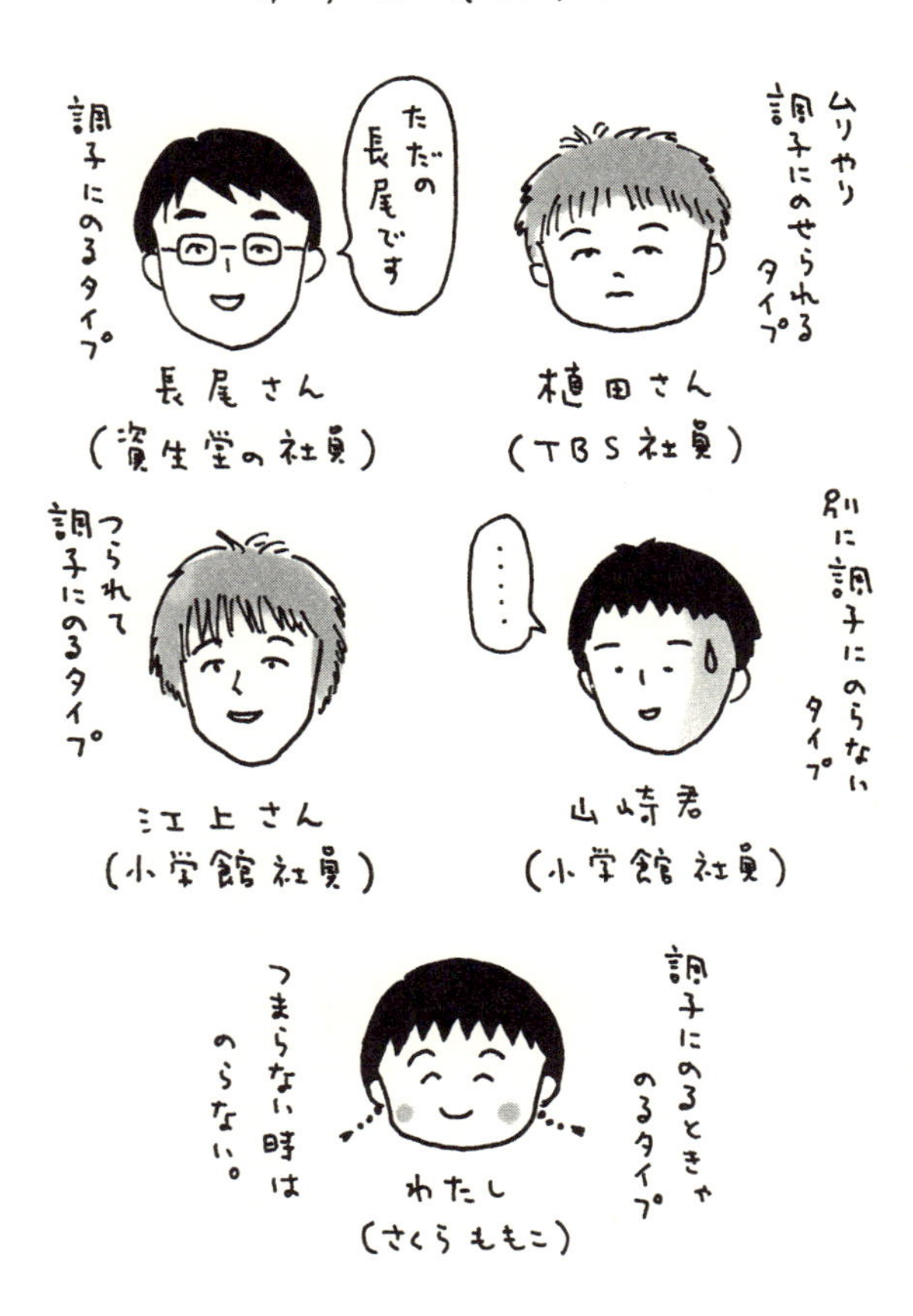
調子にのるタイプ
ただの長尾です
長尾さん
(資生堂の社員)
ムリやり調子にのせられるタイプ
植田さん
(TBS社員)
つられて調子にのるタイプ
江上さん
(小学館社員)
……
別に調子にのらないタイプ
山崎君
(小学館社員)
調子にのるときゃのるタイプ
つまらない時はのらない。
わたし
(さくらももこ)

まれていた。

　ナゾながらも三人はちゃんと集合し、長尾さんと私から「男子の会とは、くだらない話を延々喋る会だ」という事を告げられた。それをきいた江上さんは「いいっスね、男子の会、いいっスね」と大喜びしたが、植田さんと山崎君は特に何も言わず、微妙な表情で佇(たたず)んでいた。そんな会のメンバーに、一体どうして自分が選ばれたのか、いまひとつ腑(ふ)に落ちないという感じである。

　植田さんと山崎君の腑に落ちようが落ちなかろうが、そんな事はどうでもいいのだ。もうメンバーに決まったのだから、メンバーとして生きてもらうしかない。

　私は『男子の会』のバッジをみんなに配った。「もうこんな物まで用意されているなんて……」という様子で植田さんと山崎君はややうろたえていた。

　こうして、いともやすやすと『男子の会』は結成された。メンバーが五人もいて、バッジまであるのだから立派な会だ。外国から帰ってくるなりこんな立派な会に恵まれるなんて、長尾さんも本当に運がいい。

　初め腑に落ちていなかったあのふたりも、まもなくだいぶ腑に落ち、『男子の会』のメンバーに選ばれた事を有難く思い始めている様子である。山崎君は「……こんな愉快な会に自分を加えて頂きまして、どうもありがとうございます」とていねいに言い、余計な事は語らないが他のメンバーのくだらない話に大爆笑していた。よし、その調子だ。

　一方植田さんは、自分の家が狭くて遠い事や、妻や子供に見放されている事や、挙げ句の果てにいざという時に男として重要な部分が全く役に立たない事まで喋り出し、我々はハッとした。

　そんな事を打ち明けられてもどうしよう……という気配が一瞬漂ったが、「植田さん、大丈夫だよ、気にする事ないよ」と誰かが言い、次々と全員が励ましに入った。

　しかしながら、〝大丈夫だよ〟と言っている根拠は何も無く、本人が大丈夫じゃないと言っているのだから、大丈夫じゃないに違いないのだ。〝気にするな〟と言ったって、本人にしてみたらこれ以上気になる事はないというぐらい、気になる事であろう。

我々の励ましは、全部カラ回りに終わった。せっかくの男子の会結成の日が、植田さんの役立たずなムードに包まれたまま夜明けを迎えてぼんやりと終了した。

植田さんの人生を考える

前回、植田さんの事ではかなげなムードになってしまった男子の会だが、気を取り直してまた集会が開かれた。

ところが、植田さんがいつまで待っても来ないため、いつしか話題は植田さんの事に集中し始めていた。

前回、植田さんが自分の身の上について語っていたが、それをまとめると次のようになる。
①家が会社から遠い。（ＴＢＳは港区赤坂にあるが、家は神奈川県のわりと山の方）
②家が狭い。（家族が四人もいるのに十六〜十七坪しかないマンション）
③そんな遠くて狭いマンションなのに、買ってしまったので借金がある。

④妻と子供は、自分になついていない。（信用されていない）
⑤TBSで出世する見込みが無い。
⑥いざという時、男として役に立たない。

　これらの問題の他に、「植田さんは、スーパーに買い物に来ている、中年の女に似ている」とか「ドラえもんに似ている」等、外見上の問題も幾つか指摘されており、前回の帰り際に「……こんな自分のどこが良くて結婚したのか、今度ヨメにきいてみます」と言って去ったのである。

　我々は、もしも自分が植田さんだったら……というテーマで考えてみた。家がやたらと遠いというだけで、全員イヤだと言った。やたらと遠いのに、やっとたどり着いたとたん、妻や子供にそっけなくされ、気まずい感じなのに狭いので顔は合わせていなくてはならず、広い家に住みたいなァと思ってもローンを抱えているので引っ越すわけにもいかず、出世の見込みも無いのでこれから先も引っ越す可能性はほとんど無い。おまけにたまに妻と仲良くした方がいいかもと思っても、そんな時は全く役に立たないので仲良くする機会も無く、家庭内はすさんでゆく一方だ。

その上、スーパーで買い物してるオバさんかドラえもんに似ているなんて、もしも自分がそんな人生だったら一体どうしよう。

「植田さんになりたい人」と尋ねても、誰ひとり手を挙げなかった。みんな、自分が植田さんじゃなくて本当に良かったという心境である。

「じゃあ、コレぐらいなら、自分と植田さんの立場を交換してもいいという部分はあるか」という質問にも、みんな「ひとつも無い」と答えた。特に役に立たない件に関しては、私以外の全員が過剰に嫌がった。

それじゃあ、何だったら植田さんと交換してもいいか、という事を考える事になった。その結果、三角定規ぐらいなら、植田さんと交換してもよいという事になった。それ以外の物は、何となく交換したくない気が全員一致でしていた。

植田さんの事は、みんな大好きなのに、何で三角定規しか交換したくないのだろう。これじゃあんまりだ。植田さんが可哀相だ。

それで植田さんの長所を考えてみる事になった。植田さんはドラえもんに似ている点が、国民的人気者なので長所だと誰かが言ったのだが、それじゃうらやましいかといえば、別に全くうらやましくなかった。この件に関しては、本人も似てない人がうらやましいと言っていた。外見が似ていても、役に立たないドラえもんじゃ、まる子にバカにされるのが関の山だ。

スーパーにいるオバさんに似ているというのは、もしかしたら長所かもしれないと誰かが言った。そのまま女湯に入れるし、女湯に入ってからも目立つ変化が起こらないため、特に疑われる事もなく見物できるんじゃないか。これは男子的にはうらやましい事である。だからって、植田さんの長所はそんな事だけなのか!?

植田さんの長所は、そんなもんじゃないだろう、とみんなもっと考えた。ちょっと見だと短足に見える足も、もしかしたら見間違いで実際は案外長いかもしれないとか、役に立たないと思っているのは自分だけで実際は充分役に立っているのかもしれないとか、いろいろ考えてみたが、どうしてもハッキリこれだと言える長所は思い浮かばなかった。

そしてとうとう、植田さんの長所は、こんなにたくさんの問題を抱えながらも、かろうじていつも笑顔を絶やさずニコニコしているところだ、という事になった。あの笑顔は、一体いくらのローンの上に成り立っているのだろう？もしも植田さんが、バブルの時にマンションを買っていたとしたら、いくら遠くて狭いマンションでも六千万ぐらいしただろう。それを丸ごとローンで返す事にしたとしたら、利子も含めて一億円以上を返済しなくてはならない。

そうすると、まだ五千万以上のローンを抱えている可能性がある。植田さんの笑顔は、五千万の重荷の上に成り立っているのかと思うと、他人事ながら全員気が重くなった。

植田さんと交換してもよい物を
考えているが誰も思いつかない。

植田さんは、このどうにもならない人生の呪縛にあきらめて笑っているのかもしれない。もう、笑うしかないから笑っているのかもしれない。いや、かもじゃなくて絶対そうだ。

植田さんが幸せになるためには、一体どうしたらいいのだろう。みんな、しんみりして考え込んでしまった。せいぜい宝くじが当たれば程度のありきたりな幸運しか思い浮かばないが、そんなものが当たる程、植田さんがツイているとは思えない。

私は思わず「……植田さん、思い切ってTBSを辞めて、バリでヤキソバ屋でも開いた方が幸せかもね」とつぶやいた。

それをきいた長尾さんが「本当に、それの方が幸せですよ。バリなら、ひと月二～三万で充分幸せな暮らしができますからね。広い家も借りられるし、よっぽどその方がいい」と言った。

ヤキソバ屋が繁盛すれば、支店も出せるし、更にうまくゆけばチェーン展開もできる。バリだけに止まらず、インドネシア中にチェーン展開をし、ヤキソバキングと呼ばれるような大金持ちになれる可能性だってある。

　植田さんが幸せになるためには、バリでヤキソバ屋を開店するしかない。今抱えているローンは自己破産申告をし、ＴＢＳを退社しさえすれば、ヤキソバキングへの道が開けているのだ。

「なんか急に植田さんがうらやましくなってきたなァ」と江上さんが言った。このメンバーの中でキングへの夢を見られる人なんて、自己破産をする事のできる植田さんしかいない。植田さん以外はビッグな夢を見る資格が無いのだ。

　私は「植田さんがキングになるためになら、ヤキソバ屋の看板ぐらい描くよ。ヤキソバ屋のキャラクターも考えてもいいよ。そのぐらい、いくらでも協力するよ」と言った。心から、そのぐらいなら協力してあげてもいいと思ったのだ。

「なんか、ヤキソバ屋が売れそうな感じになってきましたね。植田さん、南半球の方が運が良いのかもしれないですね」と山崎君が言ったので、みんな「そうかも」とうなずいた。

長尾さんが「確かに、植田さんは北半球のエネルギーに合っていないから、こんなにツイてないのかもしれないですね」と言ったので、私は「へそから入るエネルギーの回転の方向が、北半球じゃ逆なんじゃないの。植田さんのへそ、深そうだし」とでたらめを言うと、全員「そうだ、植田さんのへそは北半球向きじゃないに違いない」と言って、今度植田さんのへそを見せてもらう事に決まった。

へその件も合わせて、どう考えても植田さんの幸せは南半球にしかなく、しかもバリでヤキソバ屋を開店する以外には無いという結論に達し、この日の会は終了した。この日みんなの心に残った事は、男子の会に欠席すると、何を言われるかわからないので、できる限り出席した方が良いという事だった。

植田さんの動揺

植田さんについて、メンバー全員があんなに語り合った事は、誰も植田さんに報告せずに日々は過ぎていた。

私も、植田さんの人生についてあれ以上別に考える事もなく普通に過ごしていたのだが、ある日電話で長尾さんとムダ話をしている最中また植田さんの話になり、長尾さんが真剣に「ねえ、本当にバリでヤキソバ屋をやりましょうよ。バリだったら、五十万もあれば店が出せますから」と言い出したので、私も真剣に考えてしまった。

五十万といえば、私がさくらプロ主催で時々やる面白パーティーよりも安い金額だ。面白パーティーよりも軽い出費でバリにヤキソバ屋ができるとなると、面白パーティーよりも得で面白そうだ。

がぜんヤキソバ屋の計画に意欲が湧いてきた。私は「よし、やろう。五十万は私が出すよ」と言うと長尾さんは「オレも金出しますよ。バリのヤキソバ屋のオーナーになりたいですから」と言った。

ヤキソバ屋を本気で作ろうという計画は、すぐに江上さんと山崎君にも伝えられ、ふたりとも自分も投資したいと申し出たので、ひとり十万円ずつ出す事になった。植田さん以外の四人が十万円ずつ出すのでとりあえず四十万集まる事になった。

植田さんは自己破産をする予定なので、十万円よこせというのは可哀相というか、言いにくい。ここはひとつ、植田さんにヤキソバ屋を一軒プレゼントするつもりで投資してやろうじゃないか。というわけで、植田さんからはお金を取らない事にしようという話になった。

店をあげるとは言っても、店ができたあかつきには、我々四人がオーナーで、植田さんは雇われ店長だ。しかしきっとそれでも幸せだろう。店の名前は『焼

きそば　うえだ』にするつもりだし、店が流行（はや）ってチェーン展開する事になれば、植田さんの名前はヤキソバと共にどんどん広がってゆき、最終的にキングになったとしたら、もはや雇われキングだなんて誰も気づきはしないだろう。

植田さんは何ひとつリスクを背負わずに、自動的に幸運を手に入れるのだ。こんな良い友人達に恵まれるなんて、前世よっぽど良い事でもしたんだろうか。あまりそのようにも見えないが、別にひどく悪いふうにも見えないのでもしかしたら峠の地蔵に水ぐらいはあげていたのかもしれない。

いよいよ植田さんに報告する日がやってきた。植田さんは相変わらず笑顔だったが、他のメンバーはその笑顔を見て〝五千万のローンの上に成り立っている笑顔〟と思っていた。

「じゃあ、今から植田さんの人生に関わる重大な発表をします」と私が言うと、案の定植田さんは驚き「オレの人生ですか!?」と叫んだので他全員がうなずいた。

「ええーっ」と驚いている植田さんに向かって、長尾さんが「発表の前に、とりあえずへそを見せてもらいましょう」と言うと、植田さんは更に驚き「へ、へそですか？　オレのへそ？」と言ったので、また全員うなずいた。

何が何だかもう全くわからない様子で、植田さんは仕方なくへそを出したので、全員でそれを覗き込んだ。意外に平凡なへそだった。

「なんだ、別に普通のへそだなァ」と皆、植田さんのへそに不満をもらした。それをきいた植田さんは「オレのへそが、何か問題あるんですか？」と尋ねたので、私は「もっと深くてくだらない感じのへそを期待してたんだけどね」と言った。

植田さんのへそは、北半球のエネルギーを取り込むのに向いていない感じじゃなければいけないのだ。そうじゃなければ植田さんのへそとは言えない。

「何でオレのへそが……」と、まだへその事に疑問を抱いている植田さんへの説明は誰もせず、次の質問へと移った。

「ところで植田さん、家のローンはあといくら残ってるの？」とズバリきいた。皆、植田さんの笑顔の値段を知りたいのだ。

「きゅ、急に何なんですか一体……」と、植田さんはおどおどしたが、みんなにジッと見つめられて、しぶしぶ「……あと一千万ぐらいだと思うんですけど」と答えた。

それをきいて全員、ガクーーッと沈んだ。なんでそんなに少ないのか。あと五千万は残っていなければ重荷が軽すぎるじゃないか。

「少ないなァ。そんなローンの額じゃ、自己破産しなくてもいいじゃないか。植田さんには夢が無さすぎるよ」と、みんな口々に植田さんの夢の無さに呆れた。

「オレのローンが少ないのが、一体どうして悪いんですか。さっきから一体どういう事ですか⁉」と植田さんは理由を求めた。

「植田さんには、自己破産をしてもらって、ＴＢＳを辞めてもらって、バリで

ヘソの悪口を
言われる植田さん

ヤキソバ屋を開店してもらうしかないんだよ」と私が言い、全員でこれまでのいきさつを説明した。

それをきいた植田さんは激しく動揺し「ちょ、ちょっと待って下さい。その店、本当にやるんですか？」と言ったので「そうだよ」と答えると、「あの、ボクが自己破産をしなくてもやるんですか？」と言うので、みんな「本当は自己破産をして欲しかったけど。そんでＴＢＳも辞めてくれるのが理想だったけど」と答えた。

「……あの、やる必要ないんじゃないでしょうか」と遂に植田さんが言ったので、「あんたのためにやる事に決まったんだから、友情のヤキソバ屋なんだよ。やらなくていいなんて、張本人が言うもんじゃないよ」と私が言うと、みんな「そうだそうだ。もう引っ込みがつかないよ」と言った。

植田さんは「……でも、店の名前は……」と小声で言ったので、私は「〝うえだ〟だよ。植田さんのための店なんだから〝焼きそばうえだ〟に決まってるじゃん」とキッパリ言った。

勝手に自分の人生の方向を大きく変えられた植田さんは混乱し、「ちょ、ちょっと待って下さい」と何度も言ったが誰も待つ気配は無く、ヤキソバ屋を作るための資金もみんなで準備している事や、バリでの手配は長尾さんがする事や、看板は私が描く事や、うまくゆけばキングになれる可能性がある事などを次々と言ってきかせた。しかし、雇われキングだという事はきかされなかった。

ますます混乱した植田さんは「……ちょっと待って下さい……。あの、家族にも一応相談してみます。焼きそばうえだっていう店が、バリで開店してもいいもんかどうか……」とつぶやいた。一文も支払わない植田さんが、果たして家族の許可を得る必要があるのかと思うが、どうしてもそうしたいと言うのならそうすればいい。してもしなくても、バリに焼きそばうえだは作られるだろう。

こうして植田さんへの報告は終了した。へその件は、誰も詳しく説明しなかったので、あの時なぜみんなは自分のへそに注目したのかという事が、植田さんにはわからないままとなった。

ヤキソバの研究

ヤキソバ屋を作るにあたり、どんな店がいいかという打ち合わせを何度かした結果、ボロくて小さい定食屋ふうの店か、或いはくだらない屋台か、さもなければ道端で直接ドラム缶等で火を燃やして売っているヒッピー系の店でもいいんじゃないかという話になった。

所詮植田さんの店なんて、そんなもんで充分だという意図が丸見えの内容である。誰ひとり「もっと良い店の方がいい」とは言わなかったので、一応そういう方向の店を作ろうという事になった。

長尾さんは「この程度の規模なら、十万あればできるかもしれません。もし屋台にするのなら、二〜三万もあれば一台作れるし、中古の屋台ならもっと安く買えますすよ。ヒッピー系なら、ドラム缶を拾ってくれれば済みますしね」と言ったので、みんなで「資金が余ったらパーッと使おう!!」等と騒いだ。

長尾さんがバリの知人に頼んで、店の空き物件の情報を知らせてもらう事になり、みんなでバリに行く日程も決め、ヤキソバ屋計画はいよいよ現実のものとなってきた。

ここまで決まると、とりあえず私としてはバリに着いて看板を描くという仕事をする時まで、何もする事は無いよなー……とボンヤリ過ごしそうになっていたら、山崎君が「あの、ヤキソバ屋を作るにあたり、少しヤキソバの研究をしておいた方がいいんじゃないかと思うんです」と言い出したので、私は「あそうかもね。そんじゃ山崎君、研究しといて」と軽く答えた。

ヤキソバの研究って言ったって、別にそんなに研究する程の内容じゃないだろうと思っていたのだ。山崎君だって、軽いノリで研究しといた方がいいと言ったんだろう。何にも研究しませんでしたって言いながらバリに行くより、研究した気になってバリに行った方が張り合いがあるから、まァ適当にソースの種類でも二～三個調べてくれりゃいいや、と私はそう思っていた。

が、次の男子の会の時、山崎君は数種類のヤキソバを買ってきた。わりとおいしいと評判の店のヤキソバらしい。

みんなでそれを食べながら「やっぱ、こういうヤキソバをバリで再現しないとなァ」とか「バリで麺を入手するのが難しいかもしれないね」とか「ソースの入手も難しいかもしれない」等と話しながら、それにしても山崎君はヤキソバに対して真面目に向かい合っているなァという印象を受けた。

山崎君のヤキソバに対する真面目さはそれだけに止まらず、ヤキソバの普及に力を入れている『富士宮(ふじのみや)やきそば学会』にまで連絡を取り、会長に話をききに行くという予定を立てていた。

予定日は平日だったので、行けるのは計画を立てた山崎君と私しかおらず、しかも台風が接近中だったので、私は「山崎君、違う日にしようよ」と言ったのだが、やきそば学会の会長のスケジュールがたてこんでおり、どうしてもその日に行かなくてはならないという事になった。

富士宮やきそば学会に向かう新幹線の中から、悪天候で荒れている景色が見えた。山崎君は「……ホントにすみません、こんな天気の中、わざわざ足を運んで頂きまして」と何度も謝り続け、そのたびに私は「いや、別にいいんだけどさ、天気悪いの山崎君のせいじゃないし……」と繰り返した。

その会話の繰り返しで三島駅に着き、乗りかえの駅のホームで強風にあおられながら電車を待っている間も山崎君は謝り、私は別にいいと言い、ローカル線に乗ってからも山崎君は謝り続け、私は別にいいと言い続けた。

やっと富士宮に着くと、商店街は悪天候に加え定休日だったので、店は全部閉まっていた。山崎君はもう倒れそうになりながら「商店街も休みですいません……」と謝り、私は「商店街が休みなのも、別に山崎君のせいじゃないよ」と言うしかなかった。

商店街の定休日と悪天候が重ならなければ、さぞかしいろんな店のヤキソバを食べてみる事ができただろう。そのために、やきそば学会の会長に会う時間よりもだいぶ早く富士宮にやってきたのにこの有様だ。しかし、この現実は受け入れなくてはならない。

タクシーの運転手さんに、この近くで一軒だけやっている店があると教えてもらい、その店へ行く事にした。

店まではたいした距離ではないはずだったが、強風と大雨の中を歩くのは大変だった。もう山崎君も、強風と大雨に立ち向かうのが精一杯で、いちいち謝っている場合じゃなかったし、私も謝られても返事をしている場合ではなかった。

こんな大変な思いまでして、たどり着くのがヤキソバ屋かよ……という愚痴が思わず心に湧いたが黙っていると、ヤキソバ屋に着いたとたんに山崎君が「こんな目にまであったのに、着いた所がヤキソバ屋で本当にすいません」と早速謝ったので、私はハッとし「別にいいんだよ、ヤキソバの取材なんだから、

行く先々で謝り続ける山崎君

ヤキソバ屋に着いて当たり前だし……」と答えた。

ヤキソバ屋のテーブル席に着くと、なんかなつかしい気持ちになり、急にしみじみとしてしまった。子供の頃、親に連れられて行った店の事を思い出す。注文したヤキソバがおいしくておいしくて感動した。さっき、こんな思いまでしてたどり着くのがヤキソバ屋かよ……と思った事を深く反省していると、山崎君も「さっき、こんな目にあって着いた所がヤキソバ屋だなんて言って、申し訳なかったです……」とつぶやいた。

ヤキソバの事を、もっと見直すべきである。明らかに今まで、ヤキソバをみくびっていた気がする。麺にソースをかけて炒(いた)めれば、それでいいんだろうという程度にしか思ってなかったのではないか。その程度の事なら、植田さんにもできるだろうから店でも出せよ、とこんな感じでいたのではないか。

ヤキソバはすばらしい食べ物だ。ヤキソバが大好物だと進んで言う人はあまりいないが、嫌いだと言う人はほとんどきいた事がない。つまり人気者なのだ。

好感度が高いのだ。このヤキソバの店を出すという事は、それなりの志を抱いて臨むべきであろう。

と思っていたところへ、追加注文したお好み焼きがやってきた。これがまたおいしくておいしくて、ヤキソバの影がどんどん薄くなっていった。

ヤキソバとは、好感度は高いが、弱めな食べ物だ。ちょっとしたライバルの登場で簡単に負けてしまう。事実、今まさにお好み焼きに負けようとしている。可哀相だが、助けようもない。

私は「……お好み焼きの方がいいかもね」と思わず言ってしまった。すると山崎君は「やきそば学会の会長と会う時間が近づいていますよ」と、さり気なくお好み焼きを阻止した。やはり、ヤキソバでここまで進めてきた事を、そう簡単に変えようなんて思ってはいけないのかもしれない。

が、今ならまだ間に合う。やきそば学会の会長さんには山崎君から「どうもすみませんでした」と謝れば「別にいいよ」と言ってもらえるだろう。バリで店を出すにあたり、ヤキソバにしなくてはならない理由なんて、特に無いのだ。お好み焼きの方がいいじゃないか。

私はもう一度、「お好みうえだの方がいいんじゃないか」と言った。すると山崎君は、「お好みうえだよりも、焼きそばうえだの方が、ゴロが良いと思うんです。……何となくなんですが、焼きそばの方が……」とつぶやいた。

それはそうなのだ。店の名前としては、お好みうえだよりも焼きそばうえだの方が、植田さんらしい気もするし、合っている気がする。

「それじゃあ、ヤキソバ以外に、お好み焼きもメニューに加えればいいじゃん」と私が言うと、山崎君も「それはいいかもしれませんね」と同意した。

やきそば学会の会長に会う時間になったので、店を出てやきそば学会総本部へ向かった。総本部は商店街の一角にあり、ヤキソバを食べられるコーナーや、材料を販売しているコーナーが並んでいる。

総本部の喫茶室に、会長の渡辺（わたなべ）さんがやってきた。渡辺さんはやきそば学会の会長が本職というわけではない。保険代理店の経営等の立派な仕事が本業なのだ。でも、町おこしのために、古くから富士宮で親しまれているヤキソバをもっともっと盛り上げようと思い、富士宮やきそば学会を結成したそうだ。男子の会よりも全然志が高い会である。

山崎君が、今回のバリの企画を渡辺さんに話すと、渡辺さんは「ヤキソバをバリにですか!!　それは面白いですね」と喜んで下さった。そして、ヤキソバについていろいろ説明してくれた。

富士宮には、二〜三種類の麺があり、キャベツとブタ肉のカスを入れる事と、ソースは各自オリジナルブレンドをして個性を出しているそうだ。

私が憶(おぼ)えているのはそれだけだ。渡辺さんの話をきいている最中、急激に眠くなってしまったのである。先程の店で、昼間からビールを飲んだのがいけなかった。

渡辺さんがていねいにヤキソバの説明をしてくれているのに、眠ったりしたら本当に失礼だよなー……と思ってはいるものの、もうどうしようもない。眠いもんは眠いのだ。

意識が朦朧(もうろう)としながらゆらゆら揺れている私の姿にハッとした山崎君は、自分だけでも渡辺さんに対して失礼の無いようにしようと気を引きしめ、ヤキソバの歴史について渡辺さんに質問をした。

ヤキソバの歴史なんてきいたって、バリのヤキソバ屋に反映される事は何ひとつ無い。つまりきくだけ無駄なわけである。わたしゃ眠くて死にそうなんだから、つまんない事きくんじゃないよという思いでいっぱいだ。

もう少しでイスから転げ落ちる寸前で、渡辺さんの取材が終わった。

帰りの新幹線の中で、山崎君に「ヤキソバの歴史、よくわかったかね？」ときくと、山崎君は「……どうもすみませんでした」とだけ答え、多くは語らなかったので私も「別にいいよ」とも言わなかった。

開店の準備

バリに出発する日が近づいてくると、山崎君は飛行機の手配をしたり宿の予約をしたり、長尾さんはバリの知人に頼んで貸物件を探すための広告を新聞に出してもらったり、そのふたりは何かとヤキソバ屋のために労力を使っていたが、私と植田さんと江上さんはヤキソバ屋のためには何もしていなかった。というか、私なんてヤキソバの研究のためにわざわざ台風の日に富士宮まで行ったのだから、あとは何もしなくてもいいと思っていたのだ。これ以上私がすべき事なんて無い。実際、江上さんも植田さんも何もしていないではないか。彼らは今後、何もしないまま飛行機に乗るだろう。そして酔っ払い、ひと眠りしているうちにバリに着くのだ。

更に言えば、バリに着いてもたいした用事は無く、熱帯の日ざしに照らされながらビールを飲んだりし、その辺を意味も無くウロウロし、「いやァ、バリ、いいっすね」等と何回も言い、そしてまた飛行機に乗り、ひと眠りして戻ってくるだけだろう。

その点、私はヤキソバの研究もした。バリに着いてからは、看板を描くという作業もある。長尾さんと山崎君は充分にヤキソバ屋に貢献している。もし、今何かすべき事があるとすれば、当然だが江上さんか植田さんがすべきだという事は明白だ。だから、私はもう何も考えずにバリに行けばいいのだ。と思っていたところ、江上さんがカゼをこじらせ、肺炎になってしまいバリに行けなくなってしまった。

「……江上さんが行けないなんて。残念だよなー」とみんなガッカリした。私も、何かすべき事があれば江上さんがすべきだなんて思っていた事を心から申し訳なく思った。江上さんはヤキソバ屋どころではなかったのだ。体の不調と闘いながら、日々の仕事をどうにかやっていたのだろう。

江上さん、ごめん。何かすべき事があれば、私がやるよ。あまりあてにならないけど植田さんだっているし、江上さんはゆっくり休んで一日も早く元気になって下さい、と急にやさしい気持ちになった。

とは言うものの、どうせ何も用事なんてありゃしないだろうと思っていたら、山崎君が「ヤキソバのソースとか青のりとか紅しょうが等の材料を、一応買って持って行った方がいいと思うんです」と言ったので、「それはそうかもしれない」と全員うなずいた。バリに行ったはいいが、材料が何もありませんでしたというのでは話にならない。

みんなで打ち合わせをした結果、ソース等の材料の他に、鉄板や鉄板返し等の道具も買って持って行こうという事になった。

本来なら、植田さんがこれらの買い物に行くべきなのだが、韓国に出張しなくてはならないから行けないと言ったので、仕方なくまた私と山崎君が行く事になった。

そんなわけで、私と山崎君はバイトの坂出君まで来てもらい、かっぱ橋に向かった。坂出君は小学館でバイトをしており、カレー屋の席取りをしてくれたり、花見の場所とり等、そういったくだらない用事でも嫌な顔をせず引き受けてくれるという秋葉系の青年だ。

なので今回の買い物にも嫌な顔せずついてきてくれて、「ソース等の荷物は自分が持ちますから」と言ってはりきっていた。有難いよなァ坂出君、現時点では植田さんよりよっぽど役に立っているよなァ、坂出君にまでお世話になって、植田さんのためのヤキソバ屋を作ろうとしている事を、植田さんは一体どう思っているんだろう。

と思っているうちにかっぱ橋に着き、タクシーを降りたとたん、いろんな道具や材料の世界が広がっていた。

かっぱ橋は安くて何でも揃(そろ)っているという話は何度もきいた事があるが、来たのは初めてだったので胸が躍った。ヤキソバ屋のためなんかじゃなく、自分の家のために物色したい気持ちがつのる。

そんな私の気持ちとは無関係に、坂出君は鉄板を売っているという店に直行し、「この店です」と案内してくれた。坂出君は鉄板を売っている店をあらかじめ調べておいてくれたのだ。

店に着き、私と山崎君は鉄板の前で悩んでいた。バリの店で使う鉄板は、一体どのくらいの大きさが妥当なのだろう。バリのコンロの大きさに合うのだろうか。もし間違ったサイズの鉄板を買ってしまったら、こんな重たくて大きな物を、また持って帰ってくるしかない。そんなの嫌だ。

「……長尾さんに、バリのコンロの大きさをきいてみよう」という事になり、長尾さんに電話をしたが、つながらなかった。長尾さんだって忙しいのだ。つながったとしても、鉄板の大きさの事なんて考えたくないかもしれない。

「……あの、もしサイズが違った場合は、僕が持って帰りますから」と山崎君が小声で言い、よくわからないけど中ぐらいの大きさの鉄板を買う事にした。

もしもダメだった場合、山崎君に持って帰ってもらい、男子の会でバーベキューでもやる時に持ってきてもらうという事にしよう、と私は勝手に思った。

鉄板が決まり、次は調味料入れの前で私と山崎君は悩んでいた。本格的な調味料入れがあった方がヤキソバ屋らしさは出るけれど、果たしてそんなに本格的な調味料入れがバリで必要だろうか。

悩んだ末、超本格的なモノではなく、やや本格的なモノにする事にした。まだ繁盛している店でもないのに、そんな物だけ超本格的にする事もないという結論に至ったのだ。

その他の道具もいちいち悩みながら決め、ひととおり揃えて買って、小学館に送ってもらう手配をした。これらを出発の日に、山崎君が持って行くのかと思うと、坂出君にもバリまで来てもらった方がいいんじゃないかという気がしたが、いくら坂出君でも荷物の用事だけで来てもらえるのはかっぱ橋が限界だろう。

道具の店から食材の店に移動する途中で、『焼きそば』と書かれた吊るし旗を買う事にした。やはり、そういう物があった方が断然感じが出るだろう。特注すれば、『焼きそばうえだ』という旗も作ってもらえるらしいのだが、そうするとかなり値段が高くなるのでやめた。『うえだ』ぐらいの事でそんなに資金を無駄にできない。

食材店に着くと、ソースだけでも何種類もあり、得用サイズなのでどれも重そうだ。いよいよ坂出君の本領発揮の時が来たという感じがする。紅しょうがや青のりも得用サイズなので荷物はどっさりあったが、坂出君は全部持ってくれていた気がする。もしかしたら山崎君も、少し持っていたかもしれないが、その辺はよく憶えていない。とにかくここは坂出君の出番だったのだ。

買い物を終え、かっぱ橋の古びた喫茶店の中で、私と山崎君は次々と「坂出君ありがとう」と坂出君に感謝を伝えていた。今日、もし坂出君がいなかったら……いなかったらいなかったで、どうにかなったに違いないが、少なくとも

旗に「うえだ」という文字を
入れると、かなり高くなるときいて
安物で充分だと判断したところ。

坂出君は、今日の買い物に来なかった男子の会の他のメンバーより役に立ったのだ。

これで私は、坂出君の思い出が、カレー屋の席取りをしてもらった事と、かっぱ橋の事との二件になった。坂出君には本当に感謝している。

出発

いよいよバリに出発する日がやってきた。長尾さんは仕事の都合で我々よりも先にバリへ行く事になり、バリにいる間もいろいろと用事があるため、サポート役として奥さんの弥生(やよい)さんが男子の会の面倒をみてくれる事になった。

弥生さんは長尾さんと共に八年間バリで生活をしていたので、インドネシア語もペラペラだし、バリの事情もよくわかっているのでとても頼りになる。私は弥生さんともとても親しくしており、長尾さんとはくだらない男子の友情だが、それとは全く別で弥生さんとは楽しく明るい女子の友情を育んできたのだ。

弥生さんは我々より先にバリで待機していてくれるというので、私と植田さんと山崎君が三人でタクシーに乗って成田に向かった。

タクシーの中でも三人でずっとヤキソバ屋に対する夢や希望を語ったり、バりに着いたらまず何を食べるか語ったりしていた。

空港に着き、チェックインを済ませてから我々はＪＡＬのラウンジへ直行した。出発までにはまだかなりの時間があるので、ラウンジで酒でも飲もうという事になったのだ。

ＪＡＬのラウンジは広くてとても立派だ。植田さんも山崎君も驚き、「ビジネスクラスとかファーストクラスの人達は、いつもこんな所で飛行機の出発を待っているのか」と言ってうろたえていたので、私は少し得意になりながら「そうだよ」と答えた。

こんないい場所で出発を待てるなんて幸せだ、さあ飲むぞ、とみんなで言ってガンガン飲み始めた。他の席の人達はどの人を見てもグローバルな活躍をしている多忙なエリートビジネスマンふうで、静かに本を読んでいたり、パソコンを開いて仕事をしたりしていたが、我々の席だけ激安の居酒屋なムードになっていた。

植田さんは「もう、バリに行かなくても、ここで充分幸せっスよ」と言いながらブランデーの水割りを何杯も飲み、JALのお姉さんに何回もおつまみを運んでもらい、本当に幸せそうだった。植田さんを幸せにするためにヤキソバ屋を作ろうという計画だったのに、出発前にこんなに幸せになってしまうなんて、JALの力ってすごいなと思う。

結局我々は、三時間半もラウンジにいた。ラウンジを去る時、植田さんは少し寂しそうな顔をしていた。きっとここに住みたいのだろう。

飛行機に乗ると、山崎君の席のテレビの調子が悪かったので、山崎君は違う席に移動し、私と植田さんだけが並んで座る事になった。

植田さんは離陸前からグーグー眠っており、少しも起きる気配は無かった。

数時間後、バリに入国する際に必要な書類が配られたので記入しようとしたのだが、全部英語だったので、二〜三個わからない質問があり、植田さんに尋ねる事にした。

ああ見えても植田さんは京大出身なのだ。立派なのである。英語だって何だって実はペラペラだろう。

まだ眠っていた植田さんを起こし、「ちょっとコレ、わかんないんだけど教えて」と言うと、植田さんは眠い目をこすりながら「ああ、いいっすよ」と即答したので、さすがだなァと私は感心した。

すると植田さんは近くにいたスチュワーデスさんに「コレ、全部教えて下さい」と言って、ものすごく簡単な質問まで全部教えてもらい始めた。そして呆然としている私に向かって、「さくらさん、わかりましたよ。一番上は名前で、次は性別です」等と言い出したのである。プライドを気にしたり、カッコつけたりしないところが植田さんの長所だと思うしかない。

バリに到着し、飛行機を降りると、私と山崎君の荷物はすぐに出てきたのだが、植田さんの荷物だけはなぜかいつまで経っても出てこなかった。

ベルトコンベアーは、もう何周もしている。それなのに植田さんの荷物は見当たらない。私はタバコが吸いたくて仕方なかった。飛行機を降りたら一番にしたい事は喫煙だ。一刻も早く空港の外に出てタバコを吸いたいのに、何で植田さんの荷物なんかでこんなに待たされなくてはならないのか。

だんだんイライラしてきた。植田さんの荷物なんて、どうせボロいパンツとTシャツが二~三枚ずつ入っているだけだろう。旅行バッグも含めて、合計五千円もみれば上等だろう。五千円ぐらいなら私が払うから、そんな荷物は捨てろと言いたい。

私が「どうせろくな荷物じゃないんだから、捨てろって植田さんに言うよ」とつぶやくと、それをきいた山崎君は驚いて「本気ですか!?」と言い、続けて「……もう少し様子を見ましょう」と私を止めた。

「止めるなー、私はタバコが吸いたいんだ。植田さんの荷物よりタバコだー」と心の中で叫んだが、一応黙っていた。ニコチン中毒は、他の中毒よりかろうじてコントロールが利くのだ。その点は評価してもらいたい。

そうは言っても、ニコチン中毒者にも限界というものはある。すぐそこに行けば吸えるのに、他人の五千円程度で解決するようなつまらない用事で一時間近く待たされるとなれば、中毒じゃない人だって限界だろう。

とうとう私は植田さんに荷物を捨てろと言う事にした。山崎君も、もう止めなかった。

私はベルトコンベアーの周辺でウロウロしている植田さんに近づき、「植田さん、どうせパンツとTシャツでしょ。新しいのを私が買ってあげるからさ、あんな荷物は捨てて行こうよ」と告げた。

植田さんは「ええっ、オレの荷物、捨てるんですか⁉」と叫んだが、私は少しも動じず「そうだよ」と答えた。

するとその直後、「ありましたよ、植田さんのお荷物がっ」と空港の係の人が、植田さんの荷物を持ってきた。

私は非常に気まずかった。もう少し待ってりゃ、人の荷物を捨てろなんて言わずに済んだのに、言ってしまった直後に発見されるなんて間が悪いったらありゃしない。

山崎君が植田さんに「捨てられなくて良かったですね」と言うと、植田さんは「……ええ、でもホントにパンツとTシャツしか入ってないので、捨てられて、さくらさんに新しいのを買ってもらった方が良かったような気がします」と言ったので、私も山崎君もひどく脱力した。

空港のゲートを抜けると、弥生さんが待っていてくれた。植田さんの荷物のために、弥生さんをずいぶん待たせてしまったので、植田さんは「すいません、僕の荷物のせいで……」と中身がパンツとTシャツだという事まで説明していた。

植田さんにカバンを捨てろと
言ってしまった直後にカバンが
発見され、非常に気まずい私。

打ち合わせ

バリの空港からホテルに着くと、夜の十一時を過ぎていた。ホテルは私の希望でアマンダリにしたのだが、植田さんも山崎君も「こんないいホテルに泊まれるなんて……」と、ＪＡＬのラウンジに続きやられていた。

アマンダリホテルは本当にすばらしいのだ。このホテルに泊まらなくては、私はバリに行くかいがないと思っている。バリに行きたい理由は、アマンダリがあるからだと言っても過言ではない。もしアマンダリがそっくりそのまま近所にあれば、私は近所をこよなく愛し、バリだけではなくそれ以外の国へも別に行かなくてもいいやと思うほど、満ち足りてしまうだろう。それほど重要なホテルなのだ。

ホテルのレストランはもう閉まっているので、私と弥生さんの部屋でルームサービスを食べながらスケジュールの打ち合わせをする事になった。

弥生さんの報告によれば、ヤキソバ屋にちょうど良さそうな物件が二〜三件あり、明日それを見に行って、気に入れば弥生さんが家主と交渉してくれるという話だった。バリには不動産屋というものが無く、自分で物件を探して自分で交渉するしかないそうだ。

かなり原始的な方法である。長尾さんと弥生さんがあらかじめ、バリの知人に依頼して新聞広告等で物件を募集しておいてくれたから、めぼしい物件が二〜三件あったものの、そうでなかったら、明日我々はバリの町角をウロついて一軒一軒「貸してくれませんか」と尋ね歩かなくてはならなかったのだ。

実際、新聞広告等を出すお金も無いほとんどのバリ人は、そのように歩き回って物件を探し、自分で交渉しているらしい。御苦労さんとしか言いようがない。

明日物件が決まり次第、店に置くテーブルやイスも買いに行かなくてはならないし、従業員も探さなくてはならない。従業員にヤキソバやお好み焼きの作り方も教えなくてはならないし、食器も揃えなきゃならないし、軽いノリで〝植田さんはバリでヤキソバ屋をやった方が幸せだ〟等と言って植田さんのために力を合わせてやってきたものの、実際やるとなるとやはりそう簡単なものではない。軽いノリで人に親切にしようなどと思うもんじゃないという気が早くもしてきた。

そんな気も知らず、だいぶ酔っ払った植田さんが、「僕は、このまえ万博に似てるって言われたんです」と急に言い出したのでみんな爆笑した。確かに、植田さんは〝万博〟に似ている。どこがどう万博に似ているのかというのは難しいが、「この中で誰が万博でしょう」というクイズを出せば、ほとんどの人が植田さんだと答えるだろう。とりとめもなくいろんな要素を持ち合わせ、何か大きな未来につながっているような気がするが、単なる見物用の集合体、それが植田さんだ。

万博似の植田さん

人柄も外見も文句なしに
万博に似ている。

植田さんの万博に似ているという発言により、打ち合わせは本筋からはずれ、ややどうでもいい事が問題になり始めてきた。その問題とは、このホテルは夫婦か恋人同士のカップルで宿泊するという前提で造られているので大きなベッドがひとつしかないのだが、今回は私と弥生さんが一緒の部屋で、植田さんと山崎君が一緒なので、それぞれのペア同士でベッドを使わなくてはならない。

私と弥生さんは、別にかまわなかった。ベッドはすごく大きいので、お互いに迷惑にならないように眠れるだろう。植田さんも「オレも別にかまわないっスよ」と言っていたのに、山崎君は困惑していた。

山崎君が「いいですよ」と言いさえすれば何も問題無いのに、そう言わないから問題になっているのだ。植田さんの方は「かまわない」と言っているのだから、山崎君も「かまわない」と言わなくては植田さんに失礼ではないか。

私は「植田さんはかまわないって言ってるよー」と、わざと言った。植田さんも「オレはかまわないって言ってるのに」と追い討ちをかけ、弥生さんも

「……別にいいんじゃないですか」と言ったのだが、山崎君は困惑したまま「えーと、あの、僕はイスで寝ます」と植田さんを拒んだ。

　植田さんはイスに負けたのだ。植田さんだって、たとえ女と寝ようとも、自分の意志と関係なく何もしないまま無事な一夜を送るしかないのに、ましてや相手が山崎君だったら、ピクリとも動かないまま眠るだけだろう。それでも拒否されるとは、なんと情けない事か。

　しかしながら、もしも山崎君が「いいですよ」と言って植田さんと一緒に寝たら、私は一生「植田さんと山崎君はアマンで一緒に寝た」と言い続けて笑い者にしようと思っていたので、山崎君の判断は正しかったといえる。

　結局山崎君はエキストラベッドを用意してもらう事になり、問題は解決し、打ち合わせは終了した。

　打ち合わせ終了後、今日はもう疲れているし、さっさと眠ろうと思っていたのだが、明日物件が決まるかもしれないとなると、もしかしたら今晩中に看板を描いておいた方が良いかもしれない……と思い、私は看板を描く事にした。

　看板に使う道具は持ってきたので、すぐに作業に取りかかれる。弥生さんは既に寝ているので、起こさないように洗面所で作業をする事にした。

　ホテルに常備してあるメモ用紙に簡単なイメージラフを描き、それをもとに看板用のボードに下描きをした。バリでも『ちびまる子ちゃん』のテレビ放送をしているという噂をきいたので、看板には『ちびまる子ちゃん』も登場させる事にした。本来なら、バリのボロいヤキソバ屋のイメージキャラクターに、ちびまる子ちゃんを使用させてくれという依頼がきても、さくらプロダクションでは許可しないところだが、これも植田さんのためだと思い、私の独断で特別に使用する事にした。

　看板は、けっこう大きいので下描きだけでも疲れたが、がんばって色も塗らなくてはならない。

　普段使い慣れていないアクリル絵の具に手こずりながら、途中何度か「……

もう寝よう」と倒れそうになりつつ、朝までかかってようやく看板は完成した。

私は、人前ではあんまりがんばらないが、こうしてこっそりがんばっているのだ。普段みんなが働いている時間に寝ていたりするので、怠け者だと思われている場合もあり、損な職業だなァと思う。

苦戦

朝八時、ロビーに集合し、物件を選びに出発した。物件はどれもホテルから一時間以上離れた所に点在しており、行くだけでもけっこう面倒だ。

車内から外の景色を見ていると、路上で直接火を燃やして何かを焼いて売っているような人達もちらほらいたりして、最悪の場合は自分達もああいう売り方をしなくてはならないかもなァ……と思ったが、まさかそこまで最悪な事にはなるまいとも思った。

最悪な場合でも、その店は植田さんの店なのだ。考えてみれば、植田さんは一円も出していないのだから、路上に直火(じかび)で商売をする事になったってしょうがないのだ。そう思うと、もうどんな店でもいいような気がした。路上に直火程度が一番合っているかもしれない。

そう思っていると、山崎君が路上で直火の人達を見ながら「……ああいう事になる可能性もあるんですよね」とつぶやくと、弥生さんが「アレで良ければ、ものすごく安く済みますけど……」と言ったので、私は「じゃあ、アレにしようか」と言うと、植田さんが「焼きそばうえだがアレですか⁉」と叫んだ。どうやら自分の名前の店が、アレではさすがに嫌な様子だ。調子にのるなと言いたい。

一軒目の物件は、大きい道路沿いにあり、五〜六軒の店が並んでいる中の一番端の店だった。どの店もボロく、いかにも東南アジアの店だなァという趣はある。まァ、イメージに近い物件といえる。

店の広さはキッチンまで含めて十二〜十三畳ぐらい、薄暗くて不潔感が漂っている。もしもこれが本気で自分の店だったら、毎日非常に憂鬱だろう。こんな店を経営する事が人生の全てだったら、いっその事全部捨ててインドにでも放浪の旅に出た方がましだ。

私はそう思うが、でもこれが植田さんの店なら申し分無い。さっき見た、路上に直火の商売より何倍もぜいたくだ。

弥生さんが「……この店、どうですか。もし良ければ交渉してみますけど」と言ったので私は「いいんじゃない、コレで充分だよ」と言った。山崎君も「……そうですね。いいんじゃないでしょうか」と賛成したが、植田さんは何とも言えない表情で佇んでいた。〝コレが自分の名前の店になるのか……パッとしないけど、出資してるわけじゃないし……〟とでも思っていたのだろう。

物件の家主と、弥生さんの交渉が始まった。しかし交渉はすぐに決裂し、終了した。家主が、べらぼうな値段をふっかけてきたそうだ。日本人だと足元を見られ、あり得ない金額を要求してくるらしい。そういう事はバリに限らず、外国ではよくある事だ。

気を取り直して次の物件に向かった。次の物件は繁華街の中にあり、先程の店よりも立地条件は良さそうだ。

店のパターン

① いちばん安くすむ店

② 次に安くすむ店

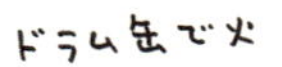

（ほぼ０円）

屋台
（２〜３万円）

③ わりとお金のかかる店

貸店舗（年間20〜30万）

店もさっきの店よりやや清潔だし、こちらの店の方がずっと良いが、それでも私ならインドへ放浪の旅に出る。

前の店よりずっと良いので、当然ここでも弥生さんは大家と交渉を開始した。交渉は、初めのうちは順調に進んでいたが、途中から急に大家が家賃をつり上げてきたので、バカバカしくなりやめる事にした。せっかく前の物件より少し良かったので借りたかったが、惜しむ程のものではない。

我々は三軒目の物件に向かった。三軒目の物件は、一番初めの物件よりレベルダウンな感じだった。店自体がボロくて汚ないのはもう仕方ないとしても、店の脇にドブがあるのが致命的な欠点だ。

こんな店を借りるぐらいなら、路上で直火の店をやった方がまだ良い。路上の方が夢がある。清潔感さえある。

三軒目のひどさに絶望した我々は、どっと疲れが出て、帰りの車の中では喋る者もいなかった。

夕暮れの風景の中に、時折見える路上の店が、植田さんの近い将来を感じさせ、妙な親しみを感じた。

疲れているせいで、どんどん投げやりな気持ちになってきた。徹夜で看板を描いた私の頭は全く働かなくなっており、このまま植田さんをバリに置き去りにすれば、どうにかひとりで開店するんじゃないかという気すらした。

ホテルに戻り、シャワーを浴びてひと休みしたら体力が回復し、さっき植田さんを置き去りにすればいいなんて思って悪かったなという気持ちになった。

ホテルのレストランで今後の打ち合わせをした。今日、物件が決まらなかった事はかなり痛い。絶対に決まるだろうと思ってスケジュールを組んであるのに、決まらなかったのだから、今後のスケジュールが心配だ。

ただでさえ心配なのに、弥生さんが「……あの、店をまかせても安心だと思っていたコックさんが、急に都合により働けなくなったという知らせが先程入りました」と言ったので、我々はシ――ンとした。

店も決まらない、コックもいないという事になると、もうバリで店をやるなと言われているようなものだ。店が無くとも、コックさえいれば路上で何とかなるが、誰もいなけりゃどうにもならない。

じゃあもうやめよう、とは誰も言わなかった。がんばろう、とも誰も言わなかった。滞在中にどうにかなるだろう、なんて呑気(のんき)な事も誰も思っていなかった。

がんばる気も無いが、ここまで来てやめるのも残念だなァというのが一致した心境だ。

とりあえず、滞在中にやれるところまでやり、その後の事はその時に決めてゆこうという流れになった。

「……となると、もう一～二回バリに来る事になりそうですね」と山崎君が言ったので、全員「……うん」とうなずいた。開店する費用より旅費の方が何倍も高い。私が「……まァ、今回物件もコックさんもまるっきり決まらなかったら、その時はやめよう」と言うと、植田さんも「……そうですよね。その時はさすがにやめた方がいいですよね」と言った。

その時は、植田さんのためにバリにヤキソバ屋を作ろうとして失敗した、という笑い話にすればいい。男子の会の心温まる冗談のエピソードとして、死ぬまで語り合うだろう。

夕食のテーブルでしんみりしてしまったが、食事が運ばれてきたとたんどれもこれもおいしくて、ビールもやたらとおいしくてもう、店なんてどうでもいいからバリに来て良かった、バリ万歳!! というムードになった。江上さんと長尾さんがこの場にいないのが寂しい。長尾さんはとりあえずバリのどこかにいるし、明日(あした)はちょっと会えるからまだいいが、江上さんは今ごろ日本で何しているんだろう……。

ちょうどいい具合に酔い、お腹(なか)もいっぱいになったし、さあ今日はグッスリ眠るぞと思っていたのだが、今日見に行った物件の不潔な光景や、家賃をふっかけてきたバリ人の顔などが次々と浮かんできてなかなか寝つけなかった。実にくだらない気分である。

やっとウトウトしかけたところへ、天井にはりついていたヤモリが急にテンテンテンテン……と大きな音を出したので、びっくりしてまた眠れなくなってしまった。

本当にくだらない気分である。

長尾さんの立派さ

店もコックも何ひとつ決まらず、途方に暮れていた我々だが、翌朝ちょっとだけ長尾さんの造ったスパ・リゾートの、『キラーナ スパ』を見学しに行く事にした。私は何回も行った事があり、長尾さんの成し遂げた偉業は充分知っているが、植田さんと山崎君は一度も見た事が無いので、男子の会の仲間でありながら、本当の長尾さんの立派さを知らないのだ。恐らくふたりとも、長尾さんの事を資生堂の単なる面白い男としか思っていないだろう。

キラーナ スパを見学する事について、植田さんも山崎君も、別にそれほど楽しみにしている様子ではなかった。イヤそうな様子でもなかったが、きっと彼らの想像では、長尾さんの建てたスパなんて、アカすりのおばさんが四〜五人いて、アロハを着た従業員が十人ぐらいウロウロしており、男女別のクソ熱いサウナと変な匂いの薬湯があり、風呂場にはアロエの汁がしみ込んだ塩と備長炭シャンプーが置いてあったりし、腹が減ったらラーメンかうどんが食える食堂がこぢんまりとあるという程度の施設を見に行くような気持ちに違いない。

そんな呑気にしてられるのも今のうちだ。あのキラーナ スパを見たら、ぶったまげるだろう。これまで、資生堂の単なる面白い男だとしか思っていなかった長尾さんに対して懺悔の涙を流す事になるのも時間の問題だ。そしてここにいる弥生さんに対しても、単なる面白い男の妻だと思っていた事を、申し訳なく思うだろう。

キラーナ スパは、アマンダリのすぐ近くにあり、立派な入り口から長尾さんが出てくると、早くも植田さんと山崎君はハッとした。まだ入り口だが、単なる面白い男じゃないと八十パーセントぐらいわかった感じだ。

長尾さんはいつもと変わらない様子で面白おかしく案内してくれたのだが、

案内されているその場所は、植田さんと山崎君の想像をはるかに超えた、壮大な美しいぜいたくなワールドであり、ふたりともただもう感心して「はぁー……」とため息をつくのが精一杯だった。

広大な敷地内に点在するヴィラは完全にプライベートを守られ、それぞれのヴィラの中でアユン川のせせらぎを聴きながらゆったりとマッサージをしてもらえるのだ。ヴィラ内はもちろん、ヴィラに行き着くまでの道の景色までも全てが美しく、リラックスできるように造られている。アカすりのおばさんがいる気配は少しも無い。

長尾さんは、今日もまだキラーナ スパでの仕事があるため、「明日から同行します」と言って我々を見送ってくれた。

見学を終えて、私が「どう？　長尾さん、立派でしょ」と言うと、植田さんも山崎君も「はー……」と深いため息をつき、半ば放心状態になっていた。

予想以上にふたりともショックを受けたようである。ショック状態で、ふた

キラーナ スパの敷地内で
放心状態になっている
植田さんと 山崎君

りともしばらく何も喋らず、ボケーーッとしていた。

ようやく山崎君が「……ハーー……長尾さん、本当にすばらしいですね。自分は、同じ人間として生まれ、一体何をしてきたのか……長尾さんと比べると、何もやってないと思いました……」とつぶやいた。

それをきいた植田さんも「僕だってそうですよ。何もやってないどころか、あんなすばらしいものを造った長尾さんの手をわずらわせて、くだらないヤキソバ屋まで造ってもらおうとしているなんて、一体オレは何なんだという思いでいっぱいです……」と胸の中を語った。

ふたりともあまりにもストレートにショックを受けすぎているので、思わずつられて私も「そんなの、私だってろくでもない事しかしちゃいないよ。どうでもいい事ばっかり言ってるだけの人生なんだし、何ひとつ成し遂げていないんだから」と自分を反省した。

すると弥生さんが「長尾も、会社でやれって言われてやっただけですから。

別に自分でお金払って造ったわけじゃないし、バリ人にああしろこうしろって言ってただけなので、そんなにたいした事をしてないんですよ」と長尾さんの苦労を軽めに語り、我々のショックをやわらげようとしたが、ショック状態はしばらく続き午前中は何もしないままボーーッと過ぎてしまった。

熱帯の暑さと、太陽の光と、美しい緑や色とりどりの花や湿度等により思考が停止し、いつまで経っても長尾さんの立派さが頭の中を回り続けていた。

植田さんが自分でも言っていたが、あんなに立派なものを造った長尾さんの手をわずらわせてまで、くだらないヤキソバ屋を造る意味があるのだろうか。そんな事、すべきでないんじゃないか。そんな気もしてきた。

長尾さんの立派さにやられ、ほぼ思考停止のまま昼食をボケーーッと食べていた我々のもとへ、急に信じられない連絡が入った。

このあと、〝急展開とはこういう事か〟という体験をする事になる。

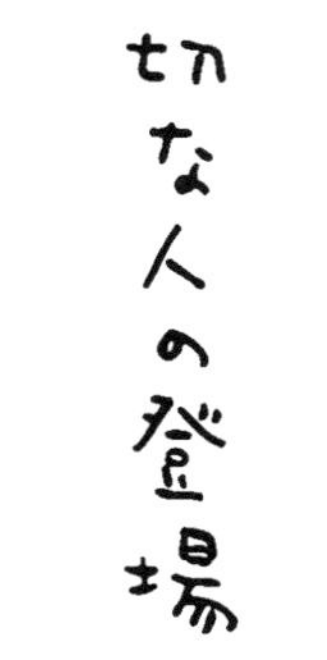
親切な人の登場

ボケーッとしながら昼食を摂(と)っている最中に入ってきた連絡は、長尾さんのバリの知人からだった。このバリの知人という人は、長尾さん夫婦がバリに住んでいた時に借りていた家のオーナーで、御主人がスイス人のローランさんという方で、奥さんがバリ人なのだそうだ。

このローランさん達は、物件探しの広告を出す時から協力して下さっていたらしく、昨日見た物件もそのおかげで見つかったらしかった。よく長尾さんが「バリの知人にきいてみます」と言っていたが、それがローランさん達だったのである。

そのローランさんが、「物件は決まったか?」と心配して連絡をしてきてくれたのだった。弥生さんが、まだ何も決まっていない旨を報告すると、ローランさんは「それじゃ大変じゃないか」と言ったかどうかは知らないが、たぶんそんな感じで驚き、相談に乗るから、もしよければうちに来ないか、と言ってくれているらしかった。

弥生さんは「……ローランさんの家に行って、相談しても何も解決しないかもしれませんが、こうしていても解決しないので、一応行ってみますか……？」と我々に尋ねた。

我々も、どうすりゃいいかわからなかったので、何とも言いようがなかったのだが、ここでこのままボケーッとしているよりはローランさんの所に行った方が良いと思い「……じゃあ行きましょう」という事になった。

ローランさんの家は、ホテルからかなり遠かった。車内でもまだ全員ボケーッとしており、窓からエビの養殖場が見えた時、私はボンヤリ「……あーあ、ヤキソバ屋じゃなくて、エビの養殖にでもすりゃ良かったね」とつぶやいた。

すると弥生さんが「そうですね。エビの養殖も、たいして元手がかからなくて、けっこうもうかるみたいですよ」と答えた。

それをきいた山崎君が「植田さん、ＴＢＳって、サイドビジネスＯＫですか？」と質問をし、植田さんが「基本的にはＮＧですが、バリでエビの養殖を少しやるぐらいならＯＫかもしれません……」と答えた。それぞれの脳裏に『エビうえだ』という文字がうっすら浮かんで消えた。

ローランさんはベイサイドでプチホテルを経営しており、住居もそのプチホテルの敷地内にあった。

そのプチホテルは大きなホテルと比べると、そりゃプチだからこぢんまりとしているが、こぢんまりとは言っても何百坪かわからないぐらい広い庭に花が咲き乱れていた。

「ここが天国ですよと言われたら、ああそうかって思うよねぇ」と私が言うと、山崎君も「そうですねぇ。ああ、天国だなァと思うでしょうねぇ」と言い、植田さんも「もう、ここが天国って事でいいです」と言った。植田さんにしてみれば、会社から遠くて狭い自宅より、ここが天国って事にしたいであろう。

庭の東屋にローランさんの奥さんがお茶を運んできてくれた。やがてローランさんもやってきて、弥生さんが私達を紹介してくれた。

ローランさんはとても真面目な紳士だが、ユーモアに対しての理解が非常に深く、我々のヤキソバ屋計画を大変面白がっていた。

「キミ達は、このウエダのために、ホントにヤキソバ屋を開店させるつもりなんて、冗談もそこまでやるとはすごいよ。今まできいた事もないようなバカバカしい試みだね」という感じの事を言って大ウケした。

そしてローランさんは続けて「バリでヤキソバ屋をやっても、せいぜい一皿百二十～百三十円ぐらいで、諸経費を差し引いたら一か月二万程度の利益しかないけれど、それでもいいのかね？」と現実的な話題を投げかけてきた。

我々が「利益の事は全く考えていません。これは、バリでヤキソバ屋を開店させるという、大仕掛けな遊びなんです」と答えると、ローランさんは大いに気に入り、「本当に面白い。そんな事をするためにわざわざバリにまでこうして来ている事自体、おかしくてたまらない」と言って笑った。

ローランさんがウケてくれたのは別にいいのだが、ホントにこうしてバリに来ちゃった我々は、にっちもさっちもいかなくなっちゃってるんだから、笑ってないで何かいいアイデアがあるんなら教えてくれよと心の中で思っていると、ローランさんは笑いながら「もしよければ、ここの庭で店を開店したらどうだい？　家賃なんてタダでいいから。それに、うちのホテルのコックもタダで使っていいよ」と言ったので、全員耳を疑った。

あまりの都合の良い話に、我々はシーンとしてしまった。ローランさんは静まり返った我々に向かって「ここじゃ、気に入らないのかい？」と言ったので、全員揃って「とんでもない」と首を横に振った。

弥生さんがローランさんに「みんな、ラッキーすぎて呆然としているんです」と伝えると、ローランさんは喜んで「それは良かった。ここの庭だけじゃ

こんなうまい話があっていいのかという
珍しい展開になった。

なくて、奥の庭も使っていいよ」と言って更に広い庭へ案内してくれた。

奥の庭のテーブルに着席すると、冷たいビールやおいしい料理が次々と出てきて、目の前に揺れる花や池のせせらぎの音や昼下がりの空の色が幸福感をあおり、現実って何だろうという気分でいっぱいになった。

私達は、そこにいる植田さんのせせこましい状況が発端でヤキソバ屋を開店しようという事になり、いろいろあって今こうして至福の時間を過ごしているのだ。このローランさんは、植田さんと何の関係も無いのにこんな事になっているなんて、きっと今年の初めには、こんな事になるとは微塵も思っていなかっただろうに、人生とは予測不可能なものである。

私はとりあえずローランさんに見せようと思って看板を持ってきたので、「こんなのを描いたんですけど……」と見せると、ローランさんも奥さんも「オオー、ワンダフル」みたいな外国人らしい事を言い、早速飾ってみようという事になった。

この美しい庭にあの看板が置かれると、なんだか急にあんな看板でも立派な物に見えてきた。徹夜してがんばったかいがあった。

みんなも看板を見て、もうすっかりヤキソバ屋ができた気になり、ひと仕事終わったようなムードになっていた。

しかし、仕事はこれからだった。ローランさんはホテルのコックを三名連れてきた。三人とも若いバリの女の子だった。今から、この女の子達にヤキソバの作り方を教えなくてはならない。更にお好み焼きの作り方も教えなくてはならない。

「じゃあ、今から厨房（ちゅうぼう）に行きましょう」とローランさんが言ったので、ビールで酔っ払ってすっかりだらしのない気分になっていたが、面倒くせぇからイヤだとも言えず、ローランさんの指示に従い、全員で厨房に向かった。

日本の味の難しさ

ローランさんから「ヤキソバに使う道具や材料はあるのか?」ときかれ、我々は持参してきた物を並べた。かっぱ橋で買ってきた物の全てである。いつ店が決まるかわからないと思い、いつも車に積んでおいたのだ。

鉄板まで日本からちゃんと持ってきていた事に、ローランさんは感心していた。山崎君がいっしょうけんめい運んできたかいがあったというものだ。ここでいらなければ、持ち帰らなくてはならなかったので、ホッとしただろう。

野菜等の生モノは、ローランさんのスタッフが急いで買ってきてくれたのだが、日本のヤキソバで使う生麺はバリには無いので、バリ風ヤキソバに使う乾麺を使って試してみる事になった。

まずキャベツの切り方から教え、肉や野菜を炒める順序を説明しながら作り始めてみたのだが、炒めるのに使うラードが無く、独特の香りのする変な油を使ったため、失敗した。

油って重要だなァ……とみんな思い、仕方ないからバターでやろうという事になり、バターでやってみたが、これも失敗した。

変なクセのある油じゃダメなのだ。とにかくクセのない油でやらないとダメだ。ローランさんの奥さんもスタッフの人達も悩み、どうにかクセの弱い油を台所のどこかから探し出してきた。

その油を使い、さっきよりはだいぶましになったが、まだまだ日本のヤキソバの味には程遠い。ローランさんも味見をし、何も言わずに少し顔をしかめているだけだ。

やはり、麺が乾麺というところがダメな気がする。バリの乾麺で日本のソースヤキソバを作るぐらいなら、日本のカップヤキソバの方が全然本格的な味だ。下手な事をするよりカップヤキソバをそのまま出した方が客は喜ぶのではないか。

我々は深刻になった。こんなにいい店も決まり、素直なコックさん達もはりきってくれているのに、日本の味が再現できないとなるとこの計画自体が根本的に危うい。

一同シーンとしていると、コックの女の子達が、「麺のゆで時間を短めにして作ってみます」と言って、作り始めた。そしてローランさんが「バリ人の好みは日本人と少し違うので、ソースをブレンドしてみよう」と言い出し、そうする事になった。

ブレンドソースも何パターンか作り、何回もヤキソバを焼き、みんなで試食した。バリの厨房は暑く、全員汗だくだったが、がんばるしかない。

途中一度「休けいしよう」という事になり、私と植田さんと山崎君は庭に出てボケーッとしていた。特に話をするわけでもなく、何となくボンヤリしていたのだが、庭から海がキラキラと輝いているのが見え、楽しそうな気がした。

暑さと 疲れで 頭が 悪くなり
3人 そろって うっかり 海に 行き
そうになった。

するとか植田さんがポツリと「……今から、海にでも行きましょうか」と言った。それをきいた山崎君も「……そうですね。行きましょうか」と言い、私も「……うん、そうしよう」と言い、みんなで海の方へ行こうとしたとたん、弥生さんが厨房の方から出てきて「休けい終了でーす」と言ったので、三人とも我に返った。もう少し弥生さんの登場が遅ければ、三人揃って海へ行ってしまうところだった。海なんて行ってる場合じゃない事ぐらいよーくわかっているはずなのに、暑さと疲れで相当判断力が弱まっているのか、それとも意志が弱いのか、或いは判断力と意志の両方が弱いのか、何にせよ何かが弱いのは間違いない。

厨房に戻ると、コックの女の子達は休けいもとらずにヤキソバを作っていた。ローランさんも奥さんも、一緒に協力してヤキソバの味を向上させようと努力している。一瞬でも海へ行ってしまいそうになった事を心の中で反省した。

この人達は、別に何のメリットもないのに我々のくだらない計画に参加して下さっているのだ。我々以上に情熱をかけてくれている。全くの他人なのに……こんな、外国の愚か者達のために……。

苦労の末、どうにか納得のいくヤキソバが完成した。日本のあのヤキソバの通りとまではいかないが、ここはバリなんだし、と思えばこれはコレでよしよしというヤキソバだ。ローランさんもコックの女の子達も、「うん、これならおいしい」とうなずいている。

既に日が暮れてきたが、お好み焼きの作り方も教えなくてはならない。なんて面倒臭いんだろう。ヤキソバを教えるだけでも相当手こずったのに、お好み焼きまで教えていたら深夜になってしまうんじゃないか。あたしゃ一刻も早く帰ってシャワーを浴びてビールを飲みたい。お好み焼きなんてもうやめよう。

と言おうとしたら山崎君が「疲れていても、お好み焼きの件が済むまで我慢して下さい」と、まだ帰れませんよという事をやや遠回しに言ったので、私も仕方なく「……じゃあ、早速お好み焼きにいってみよう」と言うしかなかった。

その時、突然植田さんがはりきり出し「お好み焼きなら、オレにまかせて下さい。自分は関西出身ですから」と言いながら、てきぱきと女の子達に作り方を教え、見事な手さばきでお好み焼きを完成させたのだ。ジュージューと音の出ているできたてのお好み焼きの前で、植田さんは「見たか、これが関西のお好み焼きや!!」と大えばりし、切り分けたお好み焼きを全員に配ってくれた。今まで、こんなマメな植田さんの姿は見た事がない。

植田さんの作ったお好み焼きはとてもおいしくて、ローランさんやコックの女の子達にも好評だった。植田さんのおかげでお好み焼きの伝授は簡単に済み、本当に良かった。しかし考えてみれば、植田さんが役に立ったのは、このお好み焼きの件だけだったような気がする。あとは、別に邪魔にもなっていないが、何か役に立つような事は何もしていない。それなのに、海へだけはいち早く行く気になっていた。

ひととおり教え終わると、ローランさんが「これでコック達が作れるようになったから、あとは店に並べるテーブルやイスを揃えたり食器を揃えて下さい。また、看板を外にも飾りたいので、あと一枚、できれば板の両面に看板を描いて欲しいのですが、どうですか」と言ったので、私は内心『ええっ⁉ 看板を両面に⁉ あたしゃ看板屋じゃないんだよ』と叫んだのだが、表では笑顔で「ええ、わかりました。両面ですね。すぐ取りかかります」とさわやかに答えた。このように、目の前で依頼されるとムリな事まで安うけあいしてしまうところが、私の欠点なのだ。それは自分でもわかっているし、うちのスタッフもハラハラしている。

ローランさんは「ヤキソバ屋のオープンが楽しみですね。よし、ヤキソバ屋のために、専用の厨房を新しく造りましょう。それと、お客さん用のトイレも新築しようじゃないか。それらの事は、私が負担しますから、御心配なく」と言ったので我々はたまげた。

ローランさんて、太っ腹だなァ……としか、しばらく何も思う事がなかった。

親切を考える

ローランさんの家からホテルに戻り、シャワーを浴びてからレストランへ向かった。

夕食を摂りながら、我々は今日一日のでき事を語り合った。午前中、長尾さんの立派さにショックを受け、ヤキソバの件は少しも進まずに呆然としていたところへローランさんから連絡が入り現在に至るなんて、一日って案外長いなァと感心する。やろうと思えばけっこう多くの事ができるのに、毎日だいたい同じ事をしてサラサラッと過ぎてしまっている。そして一年や二年あっという間に過ぎ、「一年や二年なんて、あっという間だねぇ」などと呑気なあいさつを交わしたりしているのだ。今日のようにめくるめく一日を毎日送っていたら、きっと一年も長いなァと思うだろう。

それにしても、ローランさんの親切ぶりには、全員何と言っていいかよくわからない気持ちになっていた。有難い人だなんて、簡単な言葉でまとめられない感じだ。

もし、自分がローランさんだったら、どうするか？　というテーマで我々は考えてみた。

私は「……自分がローランさんだったら、見ず知らずの外国人がヤキソバ屋をやりたいなんて言ってたって、何も協力しないと思うな。だって、見ず知らずの外国人なんてよくわかんないから怖いじゃん。いくら長尾さんの知り合いだって言ってもねぇ」と言った。

すると山崎君も「……僕も、たぶん協力しないと思いますね。見知らぬ外国人が、ヤキソバ屋をやりたいって言っても、ああそうですかって言うのが精一杯です……」と言った。

それをきいた植田さんも「普通そうですよ。知り合いの日本人がヤキソバ屋をやりたいって言い出したって、じゃあがんばれよって言うだけですよ。何かしてやろうとか、してやれる事があれば……なんて考えないですよ」と言ったので、私は「あんた冷たいねぇ。あたしゃ、知り合いなら少しぐらい協力する事もあるよ。簡単な事なら、協力してあげてもいいじゃん」と言うと、山崎君も「……簡単な事なら、友達とかには協力するかもしれないですね」と言ったので、我々に何か大変な事があっても植田さんは協力してくれない事が判明した。

考えてみれば、この企画自体、植田さんのためにみんなが協力しているのだ。植田さんは誰のためにも協力していない。だから、植田さんは一貫しているともいえる。

しかしながら、自分がローランさんだったら協力しないと全員が言っているのに、本物のローランさんはこんな見ず知らずの外国人を信用してくれて、場所を提供して下さり、コックさんも手配して下さり、厨房とトイレまで新築して下さるなんて、頭がクラクラしてくる程の親切だ。昔ばなしにも、こんなに親切にしてくれる登場人物はめったに出てこない。浦島太郎だって、カメを助けたから龍宮城に招待されたけれど、我々はローランさんを助けちゃいない。なのにこんないい目にあって良いのだろうか。

ローランさんの事を思うと、自分はなんて不親切なんだろう……と思い、こうして親切にしてもらえばとても助かるのに、他人にはしてあげる気がないなんて、これじゃいけないいんじゃないかという気持ちになってきた。

山崎君が「……親切って大事ですね。ローランさんに会って、自分の親切の足りなさを感じました」と反省し始めたので、つられて私も「そうなんだよね……。あたしゃ、わりかし親切な方だと自分じゃ思ってたけれど、ローランさんと比べるとまだまだ足りないなァと思うよ」と言った。

みんなが反省し始めたので、さすがに植田さんも少しは反省しないわけにはゆかず「自分も、できる範囲内で親切にするようにします」みたいな事を言った。植田さんのできる範囲内って狭そうだなと思ったが、黙っていた。

するとと弥生さんが「確かに、ローランさんはものすごく親切ですが、それもこの計画が面白いからで、面白くなかったらこんなに協力しないと思いますよ」と言った。

「そうだった!!」と我々は思い出した。ローランさんは、面白がっているのだ。単なるつまらない外国人に親切にしているわけではない。

もしも自分がローランさんだったとしても面白い事をやろうとしている外国人に対して親切にする可能性は充分高い。ローランさんの親切は、面白い事への参加なのだ。

我々は、親切に対してまた考え直す事にした。やはり、見ず知らずの人にやたらと親切にするのは怖いし、かえって迷惑になる事もあるし、大きなお世話だと思われる事もあるし、ほどほどにしておいた方が良い。知り合いがヤキソバ屋をやりたいと言い出しても、別に面白くない話だったら、「がんばれよ」

更に言えば
ボクは親切を
するつもりも
ないのに
いろいろな雑用を
やらされて
結局はみんなに
親切にしていると
いう状況です。
……
それって単なる
便利屋じゃん…

とだけ言っておくという植田さんが正しい気がしてきた。

山崎君が「親切にする人を目指すより、親切にされる人になるべきかもしれませんね」と言ったので、私も植田さんも「そうだっ、ソレだ‼」と同意した。親切にされる人になるのは、する人になるよりも難しい。する方は「しよう」と思うだけでなれるが、される方は「してあげたい」と思わせるような人物にならなくてはならないからだ。

さんざんローランさんに親切にされた挙げ句に、出た結論が「人に親切にするより、親切にされる人になろう」という事になり、弥生さんは『男子の会』の志の低さに呆れていた。自分の夫も、この会のメンバーだという事に失望したに違いない。

ひとりぼっちの少年

親切について話し合っている我々のテーブルの向こうに、ひとりぼっちで食事をしている少年がいた。

年はだいたい十七〜十八歳で、Tシャツに半ズボンをはき、小太りで恐らくアメリカ人ではないかと思う。八〇年代の映画でちょっとエッチな青春グラフィティっぽいものがよくあったが、それに出てくるマヌケな男子という感じだ。初体験に失敗して半ケツを出したままあわてて部屋を去るというのが主な役どころである。

そんな少年が、アマンダリのレストランでひとりぼっちで食事をしているなんて、一体どうしたんだろう。

我々は、親切についての話をやめ、ひとりぼっちの少年について少し考えてみる事にした。

　彼の風貌からして、そうたいした家ではなさそうだ。恐らくアメリカの片田舎で、わりと大きめなスーパーを二〜三軒経営している程度の父親と、甘ったるい変なパンケーキのような物を焼くのが上手な太り気味の母親で、意外と調子のいい弟がいたりするという、やや裕福な、まぁごく平凡な家庭だろう。

　そんなファミリーが、たまにはバリにでも行ってみようという事になり、ガイドブックで調べて見つけたステキなホテルにのこのこやってきたのだ。

　そしてファミリーは、最初はホテルのすばらしさに感動していたのだが、数時間後には何もする事がなくヒマになり、つまらない事であの少年は弟と兄弟ゲンカをし、調子の良い弟は「兄さんが悪いんだ」と親に告げ口をし、父親が怒り「お前は兄さんのくせにバカだ。夕飯は、ひとりで食いに行け」と言い、それで今、すぐそこの席でひとりぼっちの夕飯を食べる事になったのだ。

　と、だいたいそういう状況だろうと我々は彼についてまとめた。今ごろ彼のファミリーは、ルームサービスでも食べながらゆっくりくつろいでいるはずだ。

「……なんだか、少し可哀相ですね」と植田さんがつぶやいた。確かに、少し可哀相な気もするが、植田さんに同情されるほど悪い状況ではない。あの少年の家は、植田さんがローンを抱えている狭いマンションの何十倍も広いだろう。ひとりぼっちで夕飯を食べているといっても、このアマンダリで食べているのだから幸せ者だ。植田さんなら、ＴＢＳの近所の『じゃんがらあめん』でも、ひとりぼっちで食うのが精一杯だろう。

　私が「植田さんに同情されるほど悪くないと思うよ」と言うと、みんなうなずいた。植田さん自身も我に返り「そうですよね。あの若さでアマンのレストランにいるわけですからね」と彼を見直した。

　自分達が彼ぐらいの年齢だった頃、一体自分は何をしていたんだろうと考えると、パッとしない高校生だったりして、バリなんて地球のどこにあるのかもよくわからなかった。そんな所に行けるのは、兼高(かねたか)かおるさんぐらいなものだ

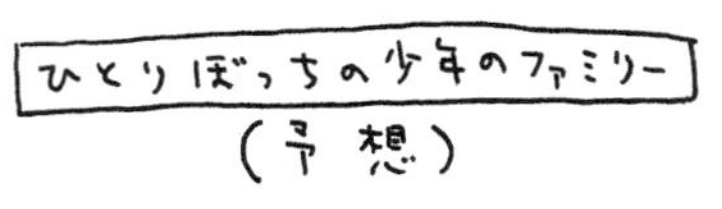
ひとりぼっちの少年のファミリー
（予想）
本人
ハイスクール2年
性格
気がきかない。

母親
パンケーキ

父親
田舎でスーパーを
2～3軒経営

弟
調子がいい

ろうと思っていたものだ。

それに比べれば、彼の人生はすばらしい。たとえアメリカの田舎町の大手スーパーの息子だとしても、母親がデブでも、私のように日本の田舎の八百屋の娘で母親がデブで父がヒロシという人生とは、似て非なるものだ。

そんな事をボンヤリ思っていたところに、彼のテーブルへローソクの灯ったバースデーケーキが運ばれてきたので、我々は目を見はった。

やがて彼のテーブルの周囲に、レストランの従業員が五〜六人集まり、ハッピーバースデーの歌を歌い始めたので我々はますます注目した。

一体何なんだこいつは、という思いでいっぱいである。ローソクの火を吹き消した彼に、こちらもつられて拍手を送ってしまった。しかし何なんだこいつはという思いは消えない。

「あいつ、ひとりぼっちで誕生会やってるなんて、どういうつもりだろうね」と私が言うと「さっぱりわかりませんね」と植田さんが答えた。

「もしかしたら、我々の予想より年齢が高いかもしれませんね」と山崎君が言い、弥生さんが彼に年を尋ねる事になった。

年齢を尋ねられた彼は、「二十八歳です」と答えた。よく見るとその顔は、アメリカの田舎者ではなく、アラブ方面の系統であり、石油や金塊の気配も漂っていた。

彼なら、アマンの全てを買えるだろう。一瞬でも、彼を可哀相だなんて思った植田さんは、大恥としか言いようがない。

シーンとしている我々に向かって、彼がニッコリ笑いながらバースデーケーキを勧めてくれたが、誰もそれをもらうほど元気はなかった。

そこへ、アマンダリのステキな美人支配人が現れ、彼の向かいの席に座り、楽しそうな会話が始まった。なんとも洒落（しゃれ）た光景である。

セレブって、こんなふうにフラリと気軽に高級リゾートにやってきて、支配人とも顔見知りで、たまたまその日が誕生日だったとしても、大騒ぎしたりせずにスマートに過ごしているんだなァ……と感心していると、山崎君がおもむろに「で、明日の予定なんですけど、どうしましょうか？」と言った。

……我々は、明日もくだらないヤキソバ屋のために、走り回らなければならないのだ。セレブとは無縁のスケジュールが目白押しなのである。

家具、食器を買いに行く

翌朝、我々はスーパーに向かった。ヤキソバ屋で使う食器を揃えるためである。

大きなスーパーだったが客は少なく、店員も四〜五人ウロウロしているだけだった。売る気も買う気もどちらも無い、そんなスーパーである。

食器コーナーには、ズラリと安物が並んでいた。質の悪いガラスやプラスチック等で作られている皿やコップには、時代遅れの模様や、非常に趣味の悪い絵がプリントされており、買いたくないなァという気持ちが高まる一方だ。

しかし、買わないわけにはいかない。我々は食器売り場で悩んだ。本当は、絵や模様のついていないシンプルな陶器の食器が一番無難なのだが、陶器だと割れるし、割れるとローランさん達に迷惑がかかるので、プラスチックにしようという事になった。

プラスチックだと、絵が描いてあろうと無かろうと、どう見たって安っぽいのだが、どうせ安っぽいのなら絵が描いてある方がまだましに思えた。何も描いていないと、まるで戦争中の配給の皿か犬のエサ入れみたいに見える。

それで仕方なく、魚の絵の模様がプリントされている皿を選んだ。ローランさんのプチホテルからは海も見えるので、魚の絵が似合うのではないかという気がしたのだ。

みんなは「この魚の絵、さくらさんっぽい感じでちょうどいい」と言ったが、私としては、バリの安物の皿の絵っぽいと言われても別にうれしいとも思わなかった。それに、あのヤキソバ屋は植田さんの店なので、私らしさは必要ないとも思ったが、植田さんらしさを前面に出しても、客足が遠のくばかりだろうから、それよりは私らしい方がましかもなァ……と思った。

皿の他に、コップやナイフやフォーク等も買い揃え、スーパーを出た。次は、イスやテーブルを買いに行かなければならない。

弥生さんの案内で、家具屋に着いた。日本の家具屋とは全く違い、かなりオープンでラフな感じだ。店の外にもゴロゴロと家具が並んでいる。砂やホコリで汚れているのが当たり前だし、ピカピカだったらかえって変だ。いっしょうけんめい作ったんだろうなァと思わせる、木製の家具がほとんどで、ひとつひとつ味わい深くて面白い。値段も安くて、自分の家にも欲しいぐらいだ。

店内は意外と広く、どんどん奥へ進んで行くと、一番奥は雑然とした廃材置き場になっていた。もしかしたら、廃材置き場ではなく、ここもショールームなのかもしれないが、とにかく大雑把すぎる店だ。でもバリではこれでも高級な店なのだろう。

植田さんと山崎君に、どういう家具がいいと思うかと尋ねたが、ふたりとも別に具体的なイメージがあるわけではないようだった。植田さんが「フツーな

プラスチックの皿

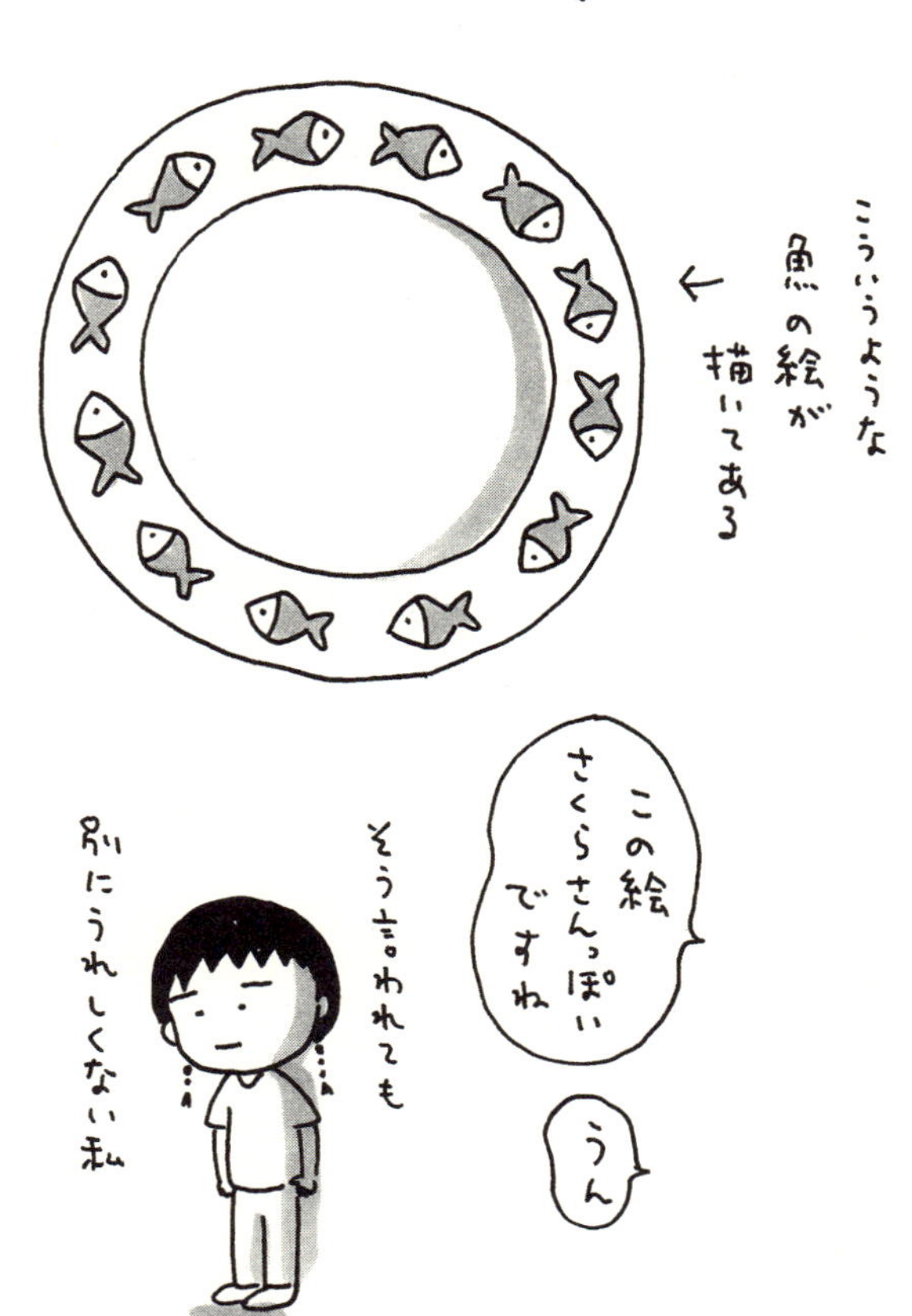

感じで、いいんじゃないッスか」と言うと、山崎君も「そうですね、フツーな感じでいいと思います」と言った。

私だって、フツーな感じでいいと思っている。何も、今さら奇をてらわなくても、この企画自体充分キテレツだ。せめて、テーブルやイスぐらいフツーにしたい。

暑いし、一刻も早く決めてしまいたいという思いもあり、その辺に並べてあるフツーのテーブルやイスを選んだ。値段も二万とか三万とか、よく憶えていないが日本では考えられない安さだった。

家具屋を出ると、もう日が暮れかかっていた。疲れたなァ……と思い、カフェでひと休みし、ホテルに戻った。

植田さんと弥生さんは、今日の夜の飛行機で日本に帰る予定だったので、夕飯の前にホテルを出る準備をしていた。弥生さんには本当にいろいろお世話になり、感謝の気持ちでいっぱいだ。植田さんには何もお世話にならなかったが、帰ってしまうとなると寂しい。

ふたりがホテルを出ようとしている時に、長尾さんがさっそうと登場した。〝ああ、よかった、助かった〟と私も山崎君も思った。弥生さんが帰ってしまったら、あとは私は山崎君に頼るしかなく、山崎君は一瞬でも私に頼られたくないと思っていただろう。

長尾さんの姿を見た弥生さんは安心してホテルを去った。植田さんも弥生さんと一緒にホテルを去った。今回の旅行で植田さんが役に立った事を、思い出そうと思っても思い出せなかった。

残業

弥生さんと植田さんが帰った後、今回の旅行で、植田さんが役に立ったのはお好み焼きを一枚焼いた事と、自分が万博だって言われている事を暴露した事ぐらいだったよねぇ……等と話しながら夕飯を食べていたら、つい飲みすぎてしまった。

何の用事もなければ飲みすぎても寝るだけだからいいのだが、私には大変な用事があったのだ。

明日までに、ローランさんから頼まれた看板を描かなければならない。しかも裏表の両面に描かなければならないので二倍大変だ。

疲れているし、酔っているし、眠いし、もう泣きたかった。描かずに済むのなら、ぜひともそうしたいが、あんなに親切にしてくれたローランさんからのお願いだし、こちら側も誠意を持って対応しなければ申し訳ない。ローランさんが、もっと不親切だったら、私も「追加で看板なんて描けません」と断っただろう。だが、ローランさんの親切パワーにはとても勝てない。こんなに親切にされない方が楽だったんじゃないか？

徹夜で疲労しながら、そんな事を思ったりもした。看板に『ＵＥＤＡ』と大きく書いている最中には、一体何だって植田さんのためにこんな目にあっているのかという空しさもこみあげてきた。それも何度もだ。

でも植田さんが自分から「オレのために、ヤキソバ屋を作ってくれ」と言ったわけでもないし、私も含めて他のみんなが「作ろう」と言い出したんだから、植田さんは悪くない。だからって、他のみんなが悪いわけでもない。

私ががんばって看板を描けばいいだけの話だ。これは仕方ないんだ。今までの人生のいろいろな辛かった事から比べれば、ヤキソバ屋の看板を徹夜で仕上げる事なんて、お安い御用じゃないか……。

ひと晩中、どれだけ自分自身を鼓舞し続けただろうか。疲れているし、酔っているし、眠いのを我慢しなくてはならないのに、すぐそばにはとても寝心地の良い大きなベッドがあり、窓の外は眠りを誘う深い緑と濃紺の夜空に包まれていたら、普段の十倍ぐらい自分を鼓舞しなければあっさり崩れてしまう。

実際、こんなに鼓舞していたにもかかわらず、うっかりベッドに倒れたまま意識不明になり、ヤモリの鳴き声に驚いて意識を取り戻したという事が、ひと晩のうちに二~三回もあった。

そのたびに、私はなんて根性の無い人間なんだろう……と反省しつつ、何だってこんな事に……という思いも抱き、明け方には腹が減ったが自分でルームサービスをとる勇気もなく、語学力の無さと外国人に対する小心を情けなく思いながら水を飲むしかなかった。

窓の外が朝もやで幻想的な景色になってきた頃、私は描き終えた看板にニスを塗っていた。あたしゃ看板屋じゃないんだ……と思っていたが、もしかした

看板を描く私

泣いて済むならすぐ泣くけど
泣いても仕事はおわらない。

ら看板屋だったのかもしれないな……とニスを塗りながらボンヤリ思えてきた。ほぼ思考停止状態になっている。

どうにかニスを塗り終え、そのままベッドに倒れ込んだ。もう何も考えたくないし、少しも動きたくない。

しかし数分後、山崎君から電話がかかってきて「もうすぐチェックアウトの時間ですから、そろそろ荷物をまとめて下さい」と元気に告げられた。

看板を描かなかった人はいいよな……と思った。今日もきっと元気に行動できるだろう。看板を描いた私は、今日一日もつかどうかわからない。荷物さえ、うまくまとめられるか心配だ。

アリミニさんの家

アマンダリをチェックアウトし、我々はアリミニさんの家へ向かった。アリミニさんという人はバリの女流画家で、私はこの人の絵が大好きなので、バリに行くたびに彼女の家を訪ねているのだ。今回のヤキソバ屋とは何の関係も無いが、せっかくバリに来たのだからぜひ会いたい。

そんなわけで、アリミニさんの家に到着すると、アリミニさんのファミリーがみんなで待っていてくれた。

バリの人達は、親や兄弟がまとまって敷地内に住んでいるので、庭やその辺にやたらと家族らしき人がうろついている。

アリミニさんの家もごく普通のバリの家なので、門を入ってすぐの中庭に十名ぐらいの家族が集まっていた。

長尾さんと私は、バリの人達の暮らしを知っているので別に何とも思わなかったが、初めてそれを見た山崎君はややうろたえ、「……アリミニさんの家って、人数多いですね」とつぶやいていた。

家の中からアリミニさんが出てきて、笑顔で私達を迎えてくれた。私がアリミニさんに会う時にはいつも長尾さんが案内してくれるので、長尾さんもアリミニさんとは顔なじみなのである。

アリミニさんは、四年余りかけて描いていた絵が、このほどようやく完成したと言ってそれを見せてくれた。百五十センチ四方の大きなパネルに、見事な細密画がぎっちり描かれていた。気の遠くなるような根気のいる作業である。

「すごいねぇ……。コレ、いくらだろう?」と私が言うと、長尾さんは「……五百万ぐらいはするんじゃないですかねぇ」と言ったので、「……そうだよねぇ。五百万でもコレじゃ安いよねぇ」と言うと「……そうですねぇ。日本だったら軽く一千万はしますよねぇ」と答えた。

私と長尾さんが絵の事を話しているのに、山崎君はアリミニさんのファミリーの老人に気をとられていた。「……あの人を見て下さい」と言うので仕方なく見てみると、そこには妖怪ふうな枯れ木みたいなじいさんが、ほとんど動かずジッと立ってこちらを見ていた。

「ああいうおじいさんも、いるんだよ」と山崎君を励まし、私と長尾さんはまたアリミニさんの大作の方へ話を戻した。一体この絵はいくらなのだろうか。長尾さんが思い切って尋ねてみる事にした。

すると、アリミニさんの答えは意外なほど安かった。日本円で八十万ぐらいだというではないか。

私と長尾さんは絵の前でしばし呆然とした。こんなすごい絵が八十万なんて、五百万ぐらいすると思っていたものが八十万なんて、これはかなり得な気がする。

しかし、「じゃ、コレ下さい」とすぐに決めて買うような金額でもない。予想よりずいぶん安かったが、土産感覚でホイホイ買える物でもないし、こんな大きな絵を買ったとしても、飾る場所があるかどうか、よく考えた方がいい。

長尾さんが「どうしますか？　買いますか」と尋ねたので、私は「ちょっと、いっぺん帰ってからよく考えてみる」と言った。長尾さんも「そうですね。それがいいと思います。勢いで買うようなモンじゃないですよ、コレは」と答えた。

その時、また山崎君が血相を変えてやってきて「あの、庭の奥に、もっとすごい人がいたんです」と報告してきた。

よその家の庭を勝手にウロついて、何をやってんだこいつは……と思いながら、一応そのもっとすごい人というのを見に行ってみると、推定年齢三百歳ぐらいに見える婆さんが、古井戸のそばで全裸で佇んでいた。

私は山崎君に「……見たよ」と言った。それ以上の感想は特に無かった。

「じゃあ、行こうか」と立ち去ろうとした時、婆さんがこちらに気づき、少しずつ近づいてきたので、私は山崎君に「ホラ、あんた責任とって、ちゃんとあいさつしなよ」と言い残し、走って逃げた。すると山崎君も走って逃げて来たので「ちゃんとあいさつしなきゃダメじゃん」と言うと、「怖くてそれどころじゃありませんでした」と正直に答えた。

私と山崎君が婆さんを見に行っている間に、長尾さんはアリミニさんに、「その絵を買うかどうするか、考える時間を下さい」という交渉をしてくれていた。アリミニさんは、私からの返事が来るまで、他の人に売らないと約束してくれた。

帰る間際に、長尾さんがアリミニさんに、「今日は、旦那さんがいませんね。よろしくお伝え下さい」と言ったところ、アリミニさんは「主人なら、さっきからずっとここにいますよ」と隣にいる男性を指さした。

私と長尾さんは心の中で「ええっ!?」と叫んで目を丸くした。二年ぐらい前に見た時には、アリミニさんの旦那さんはどちらかというと弱々しく、やせた

アリミニさんちの婆さん

馬のような印象だったのに、今目の前にいるのは強そうな、少しチンピラふうな男性だ。山崎君が「具志堅(ぐしけん)……」とつぶやいたのがきこえた。確かにすごく似ている。

アリミニさんの家を出てすぐに、長尾さんが「アリミニさんの夫、すごい変貌してましたね」と言ったので「私もアレには驚いたよ」と言った。

成長期の子供なら二年ぐらいで激変するが、大人が二年であんなに変わるだろうかという話題でもちきりになった。

「なんか、骨格まで変わってましたよね。髪型はパンチになっちゃってるし、前は真面目そうなヒョロリとした青年だったのに、今はあんなガンガンになっちゃって……」と長尾さんが言い、大爆笑した。

なんであの旦那さんがあんなガンガンになってしまったのかよくわからないが、ガンガンになってしまったからにはもう前には戻れないだろう。

帰国し、私は息子にアリミニさんの絵の事を話した。「とにかく大きい絵だよ。アリミニさんが四年以上かかって描いたんだって。八十万ぐらいするって言ってたよ」と言うと、息子は「ええっ⁉　四年もかかって描いた絵がたったの八十万なの⁉」と驚いた。

私は「たった八十万て、あんた、高いと思わないの？」と言うと息子は「そりゃ八十万は高いよ。普通、八十万円っていえば大金だし、オレなんて絶対ムリだけどさ、でも、人間が四年間も働いて出来上がった物が八十万なんて、安いじゃん。一年間の苦労が二十万円分ていう事だろ。しかも、お母さんの大好きなアリミニさんだよ。絵の下手な人が四年間苦労して描いたんじゃないんだよ。正直言って、オレですら、四年もかかって苦労して描いた絵を、八十万で売ってくれって言われたらイヤだよ。せめて五百万ぐらいで売りたいよ。それを、あんなに上手なアリミニさんが、八十万で売ってくれるって言ってるなんて、信じられないよ。お母さん、何で買うって言わなかったの？」と実に正しい事を言った。

私は「……えーと、その場ですぐに買うって決めるのも、勇気いるし、なんとなく高い気がしたんだ……」と言うと、息子は「その場で安いって気づけよ。お母さんが買わなきゃ、誰が買うんだよ。こんなにアリミニさんの絵が好きなのに、他の人が買ってる場合じゃないだろ」と言った。

小さい小さいと思っていたのに、なんて立派な事を言うようになったんだい……と息子の発言に感動しつつ、私はアリミニさんの絵を買う決心をした。どこに飾るかはまだ何も考えてないが、あたしが買わなきゃ誰が買うんだという、あの旦那さんみたいなガンガンな気持ちになっていた。

停滞

日本へ戻ってきて何日か過ぎた頃、ローランさんから「ヤキソバ屋の準備は順調に進んでいます。今、キッチンとトイレを新築している最中です。このまま進めば、一か月後ぐらいには、オープンできると思いますので、オープンの際にはまた皆さんいらして下さい」と報告が入った。

そうだ。我々はオープンの時にも立ち合わなくてはならない。ローランさんにまかせっきりで申し訳ない。なんなら、オープンする前にも行って、何か手伝いをした方がいいのではないか……？

と思っていたところへ、バリで再びテロが起こってしまった。数年前のテロより小規模だが、繁華街は大ダメージを受け、バリ全体が渡航危険地域となった。

テロのあった場所は、ローランさんのプチホテルからだいぶ遠いので、そんなに気にする事もないような気もしたが、編集長の立川（たちかわ）さんから「さくらさん、勝手にバリへ行かないで下さいね。今行っちゃダメですよ」と念を押され、友人や知人からも次々と「勝手に行っちゃダメだよ」と釘（くぎ）をさされた。

私は、よほど勝手な人間に思われているんだなァ……とつくづく感じたが、少し本気で勝手に行こうかなとも思っていたので、みんなの予感は正しかったといえる。

バリに手伝いに行くどころか、オープンも延期せざるを得ない感じになってきた。今頃ローランさん達はどうしているのだろう……。

ローランさん達の心配をしていたところ、植田さんのＴＢＳが大騒動になっていた。ニュースでも毎日「どうなる!?　ＴＢＳ」というような報道がされており、会社名が変わるのかな？　植田さんはどうなるんだろ？　と心配になったので、植田さんに電話をしてみた。

「植田さん、元気ー!?」といつも通りにあいさつしたら、植田さんはいきなり「さくらさん、面白がってるでしょ」と言ったので、私は「そんな事ないよ」と軽く言い、「大変そうだねぇぇ」と強く言った。

植田さんは「いやァ、マジ大変っスよ。なんかもう、何が何だか」と言ったので私は、「万一の時は、ヤキソバ屋があるから」と言って励ました。すると植田さんが「うちのヨメもそんな事言ってました。『たしか、ヤキソバ屋って、もうじきできるんだよねぇ』って」と言ったので私は大爆笑した。植田さんの奥さんて、ホントにいい奥さんだ。植田さんにはもったいない。

まァ今は、ヤキソバ屋どころではないという状態だった。私は植田さんとＴＢＳとローランさんの幸運を祈りつつ、バリに行ける日を待つしかなかった。

一か月過ぎ二か月過ぎ、季節は冬になった。テロの影響でバリの観光客が激減し、ローランさんのプチホテルもかなり客が減っているようだった。

更に、インドネシア方面では、鳥インフルエンザによる死者も次々出ているというニュースまで入ってきて、いよいよバリ行きが困難になってきた。

私としては、テロよりも鳥インフルエンザの方が気になった。鳥インフルエンザにかかったら、私は生き延びる自信が無い。健康の事はあれこれ研究しているが、それも自分の体力があまり無い方だと感じているので、せめて普通に健康で暮らせるようにと研究しているのだ。

実際、研究の成果はあり、研究しないで暮らしているよりも、ずいぶん健康に過ごせていると思う。しかし、もともと健康ですごく丈夫な人と比べれば、全然虚弱だ。ちょっとでも油断するとすぐカゼをひくし、ヒフも弱い。頭も少し悪くなってきているかもしれない。鳥インフルエンザにかかったら、まず頭をやられて死ぬだろう。

そう思うと恐ろしくて、鳥インフルエンザに関してのニュースや特番を欠かさず見るようにしていたが、どの番組でも「鳥インフルエンザが変化した新型のウイルスなので、今のところ決定的な予防法は無く、特効薬のタミフルに期待するしかありません」と言っていた。

タミフルでも、ウイルスの型によっては効かない場合もあるらしかったが、かかった場合、一か八かでもタミフルに頼りたい。ほっておけば死んでしまうのだ。

バリに行く前に、タミフルを入手しておいた方がいいんじゃないかと思った。まだ日本では鳥インフルエンザが流行っていないが、バリはインドネシアだ。もし、男子の会のメンバーの誰かがかかった際にも対応できる分のタミフルを入手しておきたい。

そう思ったのだが、既にタミフルは非常に入手困難な状況になっていた。みんな、いざという時のために自発的に備蓄しているのだろう。

友人知人に頼み込んで、ようやく少量のタミフルを入手した。こうして苦労してタミフルを手に入れると、男子の会のために備えておくのが惜しくなり、まずは息子のために……などと自宅用のタミフルを確保してしまった。

誰が死ぬんだろう…と
深刻になる私

自宅用を確保したため、もともと少なかったタミフルが、完全に足りなくなった。もう、男子の会のメンバーが鳥インフルエンザにかかった場合、全員助かる見込みはない。

もしもの場合、自分の分のタミフルを、他のメンバーにあげられる友情があるだろうか……。息子をおいて死ぬわけにはいかない、と思う気がする。私はきっと、タミフルを飲むだろう。「ごめん……」と言いながら飲み、治ってわんわん泣くだろう。

私が飲むのはよしとして、残りを誰にあげるかが問題だ。他のメンバーは、お互いにゆずり合うだろうか？　それとも「オレの方が生きる価値がある」等と言って争うだろうか……？

なんか、ゆずり合う気がする。なんだかんだ言ってもみんないい奴らなのだ。もしかしたら、タミフルを余らしたまま、みんな死んでしまう道を選ぶかもしれない。

そう考えると、かかる前からもうタミフルを絶対飲もうと思っている自分が、ものすごく卑怯(ひきょう)な人間に思えてきて、まだ誰も死んでないのに重い気分になった。

用心して入手困難な薬を手に入れ、みんなの心配までしている私が、なんでこんな重い気分にならなければならないのか。損な性格だなァと思う。

他のメンバーは誰も用心していないのだ。用心してない方が悪いのだ。あとはジャンケンでもしてもらうしかない。みんな、ゆずり合って死んだら、残ったタミフルを自宅で備蓄すりゃいいじゃないか。

その程度の軽い気持ちにするように努めた。これで準備は万全だ。

再びバリへ

年が明け、ローランさんから「そろそろオープニングセレモニーを行いたいのですが、皆さんの御都合はいかがですか?」という連絡がやってきた。

早く行かなければ、ローランさんに申し訳ない。テロの事は全然心配ないわけではないが、今のところ大丈夫そうだし、鳥インフルエンザも大流行しているわけではないし、足りないけれどタミフルもあるし、これはもう行くしかない。

というわけで、みんなでスケジュールを合わせて日程を決めたのだが、植田さんだけがどうしてもスケジュールが合わず、今回は来られない事になった。

焼きそばうえだの開店に、植田さんが来ないなんて、ちょっとパッとしない気もするが植田さんがいればパッとするというわけでもないし、まァ来れないもんは仕方がない。

他のみんなは、再びバリに行く事をとても楽しみにしていた。特に江上さんは、前回行けなかったので、非常にうかれていた。

バリの空港に着き、荷物が出てくるのを待っていると、江上さんが自分の荷物を近くにいたポーターに持たせてニコニコしながら立っていた。

それを見て驚いた山崎君は、慌てて江上さんの所にやってきて、小声で「……江上さん、荷物を持ってもらっちゃいけませんよ」と言ったので、江上さんも私もハッとした。

言われてみれば、東南アジアの空港等にはこういうふうにやたらと荷物運びを手伝ったりする人がウロウロしており、うっかり手伝ってもらうと、後からお金をたくさん取られるのであった。そんな事、どのガイドブックにも書いてあるのに、江上さんは全く気づいていなかったし、私もすっかり忘れており、自分の荷物も持ってもらおうかなー……とすら思っていた。

江上さんは、ポーターに「やっぱりいい」と日本語で言って、荷物を取り返した。荷物を取られたポーターは、何が何だかわからない様子で、しょんぼりしていた。

江上さんは「山崎がいなかったら、今ごろ大変な事になっていたよ」と言い、私も「ホントだよ。私もあのポーターに持ってもらおうと思っていたからさ」と言うと、長尾さんが「ふたり分持ってもらったら、たった二十メートルぐらいの距離で、千円ぐらい取られますよ」と言った。山崎君のお手柄で、早速千円助かった。

アマンダリに着くと、江上さんはロビーで「お〰っ、すげぇっ!! ここ何？ 一体どういう事っ!?」と言って感動した。初めてアマンを見た人の正しい反応だ。

ロビーには弥生さんがいて、今から日本へ帰ろうとしていた。弥生さんは私達より早くバリに来て、ローランさんの家に行き、ヤキソバやお好み焼きの最

バリの空港

いきなり旅のまちがいをおかす
江上さん

終チェックや、その他もろもろの打ち合わせをしてくれていたのだ。

弥生さんと別れ、私はひとりだけ違う部屋に行き、他の三人は同じ部屋へ移動した。他の三人は、ホテルの支配人のはからいで、部屋をアップグレードしてもらい、プール付きの部屋になったので、大変うらやましかった。

夕飯のためにレストランへ集合し、ビールを飲んでいい気分になっていると、急にお金持ちそうな立派な人達がぞろぞろやってきて、レストランは満員になった。

ただでさえ、さっきからいろいろな事に衝撃を受けている江上さんは、立派な人達にもうろたえ、「みんな、立派っスねぇ。オレ達、こんな服でここにいていいわけ?」とオロオロしていた。いいか悪いか知らないが、今さらもう仕方ない。

立派な人達に囲まれて、明日の予定を決めようとしたが、いくら考えても明日の予定は何も無かった。ヤキソバ屋のオープニングセレモニーはあさってだし、明日はひとつも用事が無いのだ。

こうなったら、何の予定も立てない事にしよう、という事になった。成りゆきまかせでいいじゃないかというわけだ。

翌日、我々は朝からヒマだった。プールサイドでビールを飲みながら、どうでもいい話を延々と喋り続けたり、「いい天気だなァ」と言ってみたり、風にそよぐヤシの葉をボンヤリ眺めたりしていた。

江上さんは「用事が無いっていいなァ」と言い、長尾さんも「ホント、用事が無いっていいですね」と言い、私も「用事が無いのが何よりだよね。もう、一生遊んで暮らしたいなァ」とつぶやくと、山崎君は黙って部屋に戻り、何か仕事の用事をし始めていた。

江上さんが「山崎君は働き者だなァ」と言い、長尾さんも「働き者ですね」と言い、私も「そうだね」と言った。ああやって、山崎君が雑用をこなしてくれているから、他三人はこうしていられるのだ。

植田さんのウワサ

さっき朝食を食べたばかりなのに、ダラダラしたまま昼になり、そのままランチもプールサイドに持ってきてもらった。

「今ごろ、植田さん、何やってるかなァ……」と誰かが言い、「なんか、仕事してるんでしょうねぇ……」と誰かが言い、「あー、植田さんに会いたいなァ……」と誰かが言い、「いないと会いたいですよね」と誰かが言い、「いると別にどうってことないんだけどね」と誰かが言った。

いないと会いたい人なのだ。いないと、むしょうに会いたくなる。いれば、気が済むのだ。それで、みんな植田さんに会いたくて仕方なくなってきた。

「今、いないから、心から会いたいなァ」と誰かが言い、「その辺をパンツ一丁でウロウロしてて欲しいですよね」と誰かが言った。植田さんがプールに落ちて欲しいとか、植田さんがホテルの使用人と一緒に草むしりをして欲しいとか、何でもいいから植田さんの姿を見たいという気持ちに全員なっていた。「植田さん、人気あるなァ」と誰かが言い、何でこんなに人気があるのか、みんなで考えてみたが、それは全くわからなかった。

何か、植田さんに憧れている点はあるだろうかと全員で考えたが、誰も何も憧れていなかった。「うらやましいところも、無いなァ」と江上さんが言うと、長尾さんも「僕も無いですねェ」と言い、山崎君は黙っていた。

憧れてもいないし、うらやましくもないのに、好感度は高いのが植田さんの長所だという事になった。漠然とした好感度は高いが、熱狂的なファンはいないというのも、植田さんの特徴だと誰かが言い、みんなうなずいた。

ランチの後、またキラーナ　スパへ見学に行こうという事になった。江上さんはまだ一度も見ていないので、長尾さんの成し遂げた偉業を知らないのだ。

私が、江上さんに「まだ長尾さんの事を、資生堂の単なる面白い男だとしか思ってないでしょう」と言うと「うん。そうだとしか思ってないよ」と言ったので、「見たら、ぶったまげるよ」と言うと、江上さんは山崎君に向かって「山崎もぶったまげたの？」と尋ねたので、山崎君は「はい。ぶったまげました」と素直に答えた。

「そんなにみんながぶったまげるなんて、一体どんな所だか、ますます想像がつかないなァ」と江上さんは首をかしげていた。

キラーナ スパに着くと、江上さんは入り口付近でいきなり「えっ⁉ 何？ コレ何？ 長尾さんがやったの？ コレを？」と全く意味がわからない感じになっていた。

見学している間も、ずっと江上さんの意味のわからない感じは続き、見学が終わってからとうとう自分でも「……いやァ、未(いま)だに意味がわからないッス……」とつぶやき、放心状態になった。

そしておもむろに「……山崎、オレ達のやってきた仕事って、くだらないな」

ひとつも憧れてないなァ
少しもうらやましくもないなァ
……
でもいないと会いたいね
いれば気が済むけど
山崎君は、こういう時いつも黙っている。無難型。

と言い、山崎君も「……はい、長尾さんのやった仕事と比べると、何やってきたんだろうっていう気持ちになりますよね」と言ったので、私は「コラーッ、そんな事言うなっ。そんな事言ったら、あたしゃ二十年以上も、そのくだらない素を作り続けてきたって事になるじゃん……って、実際そうだけど……」と出版チームはキラーナの前で沈没した。

一瞬しょぼんとしたが、江上さんがパッと顔を上げ、「ところで、植田さんは、キラーナを見た後、どんな様子だった？」と尋ねた。

もし植田さんが、そうたいしてショックを受けていないようだったら、許さないぞというところだろう。

私は「安心しなよ。植田さんも、大ショックでピクリとも動かなくなってたよ。全身、役立たずな感じだったね」と言った。

それをきいた江上さんは大喜びし、それでこそ植田さんだと言って笑った。

夕食が済み、夜になるといよいよみんなの植田さんへの会いたさはピークに達した。

植田さんは今ごろ、きっと何かつまらない事をしてるんだろうなァと思うと、ますます植田さんが何をしてるか気になり、遂に電話をかける事になった。

「おーい、もしもーし」と叫ぶと、植田さんは驚いて「えっ!? さくらさんですか!?」と言ったので「そうだよー。今、みんなバリで植田さんのウワサをしてるんだよ。ところで、今何やってんの?」と尋ねたところ、植田さんは「……今、会社で、ひとりぼっちでいるんです。特にコレと言った仕事は無いんですが、一応いろって言われたものですから」とつぶやいた。

予想以上につまらない状況だった。会社でひとりぼっちで、特に何もしないでいるなんて、これ以上ないというほどつまらない状況だ。

植田さんは「……オレだって、バリに行きたかったですよ……。でも、何かあったら困るから、一応いてくれって言われてこうしているんですが、別に何も無かったんです。いつだってそうなんです。オレがいないと、みんなに〝植田がいない〟って言われて、いると別に用事は無いんです」と言ったので、私はハッとした。

男子の会のみんながいつも言っている「植田さんは、いないと会いたいけれど、いると気が済む」というのが、他の場合でもあてはまっているという事じゃないか。それが植田さんの主な持ち味だとしたら、わりと励ましようがない。

私は困惑し「……えーと、バリから帰ったらまた連絡するから。何かおいしい物でも食べよう」と言って、長尾さんに受話器をバトンタッチした。受話器は次々にメンバーに手渡され、それぞれ植田さんを励まし、一周してまた私のところに戻ってきたので、「そんじゃ、元気でね」と言って電話を切った。

「植田さん、電話してあげたら、うれしそうでしたね。きっと、寂しかったんでしょうね。ひとりぼっちで」と長尾さんが言ったので、みんな「用事も無いのにねぇ」と言って思わず大笑いした。

あんなに植田さんに会いたいと思っていたのに、電話をして声をきいたら、みんな気が済んだ。

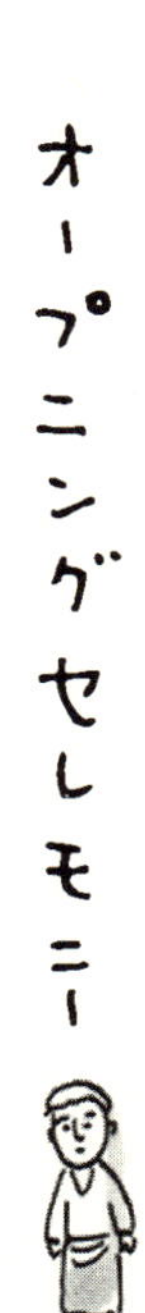
オープニングセレモニー

翌日、ローランさんの家に行くと、プチホテルの入り口に、私の描いた看板がちゃんと飾ってあったので感激した。自分で言うのもアレだが、可愛らしくて夢がある感じだ。

中に入ると、庭には新しい東屋が二棟造られており、ビリヤード台も置かれていた。ビリヤード台はちょっと……と思っていると、ローランさんの美しい娘がやってきて「あのビリヤード台は、わざわざデンパサールから運んだんですよ」と言ったので、そうだったのかと思い、一瞬でもちょっとダサいなァと思った事を反省した。

バリは、バリ独特の宗教があり、家の新築や店のオープンの時には、必ずシャーマンみたいな人が来て、みんなでお祈りをする。日本で言えば、神社の神主さんが来てお祓いをしてくれるようなものだろう。

　それで庭の隅の方にシャーマンがいて、煙を焚いていた。私達も、セレモニーのためにバリ風の衣装に着がえて下さいと言われ、腰に布を巻いたり、頭に何かかぶったりした。

　おごそかにセレモニーは始まった。ローランさんの家族やスタッフと共に私達もシャーマンの周りに集まり、シャーマンから顔に水をかけられたり、生の米を食べるマネをしたり、おでこに米粒をくっつけられたり、いろいろな事をやらされた。

　次に庭の片隅にある、石造りの神様ふうな像の所に行き、そこへ座って何度も何度も頭を下げたり、花を投げたり、お線香を立てたり、いろいろな事をした。間違えたらいけないと思い、私はお祈りの最中もうすい目を開けてみんなの姿を見ながら必死でマネをした。私の隣で、江上さんは相当こんがらがり、何やってるのかナゾになっていた。

だいたいセレモニーは終わり、ぼんやり庭に佇んでいたところ、ローランさんのホテルの従業員の若者が、急に庭を掘り始めたのでギョッとした。まだ何か重要な儀式が残っているのだろうか……!?と思って注目していたところ、その穴の中へ、今日の儀式で使った米や花などを埋めるのだという事だった。

へー、そうか……と思って見ていたら、鳥の足が見えたので、私は「ぎゃっ、今のは!?」と叫んだところ、儀式のいけにえにされた鳥だと従業員が教えてくれた。

「いけにえまでいるんですね……。これも全部、植田さんのためだと思うと、少しガックリしますね」と山崎君がつぶやいた。そうだった。忘れそうになっていたが、これも全部植田さんのためなのだ。私が腰に布を巻いているのも、他の三人が腰に布を巻いて何か頭にかぶっているのも、いけにえも、あのシャーマンも、ローランさん達も従業員も、こんなセレモニーも、もとはと言えば

セレモニーのようす

全部植田さんのためだ。

植田さんのために、何人もの人々がとうとうこんな事までするハメになったなんて、植田さんはきっとわかっていないだろう。今、私のおでこにくっついている米粒を見せてやりたい。

穴が埋められ、セレモニーは終了した。これでヤキソバ屋が正式にオープンしたのだ。男子の会のメンバーが力を合わせると、こんな店ができるんだぞという思いと、こんな店かよという思いが交差したが、ここまでちゃんと遊べれば立派なものだ。

ヤキソバ屋のためにローランさんが造ってくれた新しい厨房を見に行くと、女の子のコックさん達が笑顔でヤキソバを焼いてくれていた。プチホテルの美しい庭に面した厨房でにこにこしながら女の子達がヤキソバを焼く光景は、南国の朗らかなイメージとピッタリ合い、非常に良い感じだ。

だんだん、すばらしいヤキソバ屋ができたなァという気持ちが盛り上がってきた。最初はどうかと思ったビリヤード台も、あった方がいいような気がしてきた。いや、あるべきだ。ビリヤード台があってこその焼きそばうえだ。

中央のテーブルに、次々と焼きたてのヤキソバが運ばれてきた。我々が選んだお皿に盛られている。スーパーで見た時には安っぽい食器だと思っていたが、こうして出されると少しも安っぽくない。どう見ても高級には見えないが、南国のイメージには合っている。

まだ全員分のヤキソバが並んでいなかったが、隣の小さいテーブルに座っていた中年の女性従業員が、ひとりでヤキソバを食べ始めていたので、それを見た江上さんと私は「あの人、もうヤキソバを食べてるよ。バリでは、みんな揃ってなくても勝手に食べ始めていいのかな」と言い合い、「じゃあ、食べようか」と言って目の前のヤキソバを食べようとしたところ、山崎君があわてて「まだ、食べない方がいいと思いますよ」と言って止めた。

江上さんと私はハッとし、「そりゃそうだよねぇ」と言って箸を置いた。なんであの中年の女性従業員につられて食べようとしてしまったんだろう。江上さんも私も反省した。やはり、暑いとうっかりする事が多い。長尾さんと山崎君は、暑くてもうっかりしてなくてえらいなァと思う。

やがてローランさん達も席に着き、ヤキソバも全部並び、ローランさんが軽くあいさつをして、みんな同時にヤキソバを食べ始めた。もしさっきうっかり食べ始めてしまったら、今ごろもう食べ終わっていた頃だ。大恥をかくところだった。

ヤキソバの味は、このまえよりも更においしくなっていた。これなら日本のお客さんにも喜んでもらえるだろう。

ヤキソバに続き、お好み焼きも運ばれてきた。お好み焼きは少し固めだったので、もう少し粉を少なくしてキャベツを多くした方がいいと指導した。

みんなでなごやかにヤキソバとお好み焼きを食べていたところ、突然日本人の客がヤキソバ屋にやってきた。

焼きそばうえだのお客さん、第一号である。我々の胸は躍った。オープンしたとたん、もう日本人のお客さんが来るなんて、これは幸先(さいさき)がいいぞと誰もが思った。

しかし、その予感は間違いだったのだ……。

最悪な客

その日本人の客は二名で、どちらも地獄の釜の中から這い出してきたような顔をしている初老の男性だった。一瞬、バリのお面をつけているのかと思ったほどだ。

我々は、すぐに彼らがぐだらない人物だという事に気づいた。ふたりは既に酔っ払っており、持参した焼酎を片手に「オラァ田舎モンだ。日本の東北出身だ。年金もらってバリで遊んで暮らしてるんだ」と叫んだ。

一番来て欲しくないタイプの客が来てしまった。このプチホテルの庭に最も似合わない客だ。一刻も早く立ち去って欲しいが、立ち去る気配は少しも無い。話しかけられたくないと、全員思っていたが、そんな事おかまいなしに彼らはどんどん話しかけてきた。

「あんたらも日本から来たのか。オレはもう、バリで何年も遊んでいるけどよォ、バリはいいぞ。朝から酒飲んで、車運転しても捕まんねぇしよォ、オレなんて無免許だぜ。それなのに一回も見つかってねぇし、家だって広いし、食いモンは安いし、天国だァ」と、一方的に喋りまくった。

更に「オレは、バリの言葉なんて喋らねぇ。憶えるもんか。日本語で通してるんだ。バリの風習やそんなもん、全部無視してるのさ。バリ人になんて合わせるもんか。オレはこんな奴らと付き合いたくねぇ。女は別だけどな、ガッハッハ」と笑った。

最悪だ。こんな奴、バリからも、地球からもいなくなって欲しい。我々は、何も言わずに黙っていた。ローランさん達も、嫌そうな顔をして黙っていた。

私は暑さのせいでついうっかり、「やだなァ、初めての客がアレかよ。とんでもねぇのが来ちゃったね」とぼやいてしまった。

それをきいたみんながギョッとし、奴らにきこえてしまったんじゃないかとチラリと様子を窺ったが、酔っ払っているせいできこえていなかったらしく、ホッとした。

奴らの注文したヤキソバができてきた。奴らは「お、うめぇじゃん。コレ、うめぇよ。日本のヤキソバの味だ」と言いながら食べ始めた。

ヤキソバを食べながら「ラーメンも作れ」と言い出し、ホテルの従業員の若い女の子に「ラーメンのうまい店に連れてってやる」としつこくからみ、場はますます静まり返った。

我々のストレスは限界に達し、ローランさん達よりも先に席を立ち、庭の奥の部屋に避難した。

「いやァ、最悪の客でしたね。あれがオープン初の客なんて、焼きそばうえだの先が思いやられますね」と長尾さんが言うと、山崎君が「今のは、初のお客さんじゃありません……」と言ったので、私は「そんな事言ったって、あれが初のお客さんなんだから、しょうがないよ」と言ったのだが、山崎君は「あれ

最悪なおやじ

下品なオーラがでている

バリのお面ふうな顔

は違います……。だって、あんなにいろいろなお祈りをして、いけにえまで捧げたのに、あれが初のお客さんなんて、絶対に違います」と、認めなかった。

認めたくない気持ちもわかる。そりゃ私だって認めたくない。この神々の島で、こんな神も仏もあったもんじゃないという状況に早速なってしまうなんて、わざわざお祓いに来たシャーマンの面目も丸つぶれだ。

我々の後を追うように、すぐにローランさん達も避難してきた。ローランさん達も、一家揃ってうんざりしている様子だ。

ローランさんが「……ヤキソバ屋がどのくらい繁盛するかわかりませんが、とにかくやれるところまでがんばります」と言ったので、私達は男子の会で集めたお金の残りを全部渡し、「これを運転資金にあてて下さい。店の権利はもちろん、全部ローランさんにお譲りします。我々は、ヤキソバ屋を作るというのが目的だったので、それは達成されたから、後の利益はもういいんです。今後は、ローランさんがオーナーで、我々はヤキソバ屋のサポーターとして活動します」と伝えた。

それをきいてローランさんは「わかりました。皆さんがミスター植田のためにに作った友情のヤキソバ屋を、がんばって経営してゆきます。ヤキソバとお好み焼きの他に、多少オリジナルのメニューを増やしたりするかもしれませんが、それはよろしいですか?」と尋ねてきたので「ローランさんにおまかせします」と答えた。

我々は、サポーターとして焼きそばうえだを盛り上げるために何ができるか考えた。オリジナルTシャツなどの、オリジナルグッズをヤキソバ屋の片隅で販売したらどうか、というアイデアにはローランさんも喜び、少しずつでもそうやって、地道に盛り上げてゆこうという事になった。

最悪な客のせいで、血の気が引いていたローランさんの顔に、ようやく明るさが戻ってきた。やっと、いろいろなお祈りの効果が表れてきたのかもしれない。

帰り際にローランさんが「うちの娘や息子はもちろん、子供達のクラスメイトやうちのスタッフも、みんな『ちびまる子ちゃん』をいつも見ています。バリでもテレビ放送されているので、みんな知ってるんですよ。お客さんも、喜ぶと思います」と言って下さった。看板に、ちびまる子ちゃんを描いてくれてありがとうございました。

自分のキャラクターながら、〝寄らば大樹の陰〟という諺が浮かんだ。まる子って立派だなァ……とボンヤリ思った。

次の目標☆

ローランさんのプチホテルを出て、我々は海辺のバーで夕陽(ゆうひ)を見ながらビールを飲んでいた。

遂に我々は、目標を達成したのだ。男子の会を結成してからちょうど一年が経った。わずか一年で、口から出まかせを実現するなんて、優秀なチームだなァと思う。みんな多忙なのに、よくやった。

さて、ヤキソバ屋の次は何にしようかという話になった。ネパールあたりで焼きイモ屋がいいんじゃないかとか、インドで日本ふうのカレー屋をやろうとか、中国の街角で磯辺(いそべ)焼きの屋台を出そうとか、いろいろなアイデアが出たが、タイあたりで団子屋がいいんじゃないかという事になった。

植田さんのイメージにピッタリ合う。植田さんは、団子のムードを漂わせる男だ。タイの人達も、きっと喜ぶだろう。『だんご　うえだ』という店の名前もすごく良い。

長尾さんが「団子屋の屋台なら、今回の出資の半分でできるんじゃないかな」と言い、江上さんが「二〜三万でできそうですね」と言った。このような軽口から本当に始動してしまうので、充分気をつけた方が良い。

団子屋の場合、毎日かなりの数の団子をさばかなくては商売にならないんじゃないかとか、そもそもタイ人は団子が好きかどうか試した方がいいとか、材料の調達はどうするのか等、水平線に沈みゆく夕陽を見ながら次々と団子屋についての議論が交わされた。

帰りの飛行機に乗る前に、長尾さんが「すっかり忘れてたけど、植田さんに何かお土産を買って帰った方がいいんじゃないですか」と思い出したので、じゃあそうしようという事になった。

何か、もらって困るような物がいいんじゃないかという話になり、大きな石の彫り物を送ってやろうとか、魔よけのお面をリビングへ飾れと言って渡そうとか、使い方がわからない木彫りの家具をあげよう等と、みんなはりきっていたのだが、ビールで酔っ払いダルくなり、植田さんにお土産を買う気が無くなった。植田さんは助かったといえる。

帰国し、植田さんに連絡をした。「次は、団子屋をやろうってみんな言ってるよ。『だんご　うえだ』をタイあたりで開店しようかって」と言うと、植田さんは「団子屋ですか⁉　それで、また『うえだ』なんですか⁉　どうして必ずオレなんですか⁉」と言ったので、私は「……イメージに合うっていう事なんじゃないの。よくわかんないけど」と、本当はよくわかっているが、一応言葉を濁した。

植田さんへのお土産候補

人が入れるぐらいの
ツボ

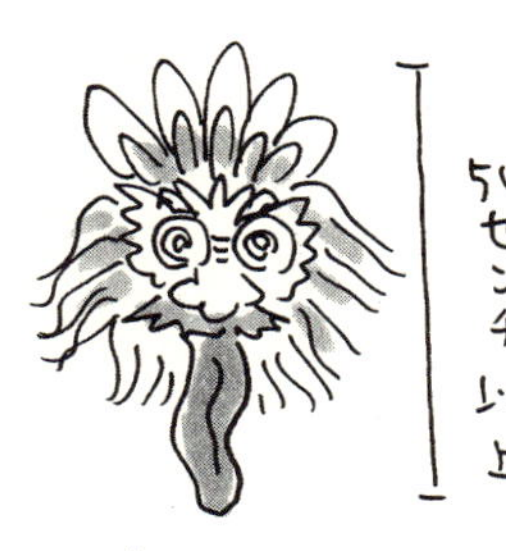

魔よけのお面

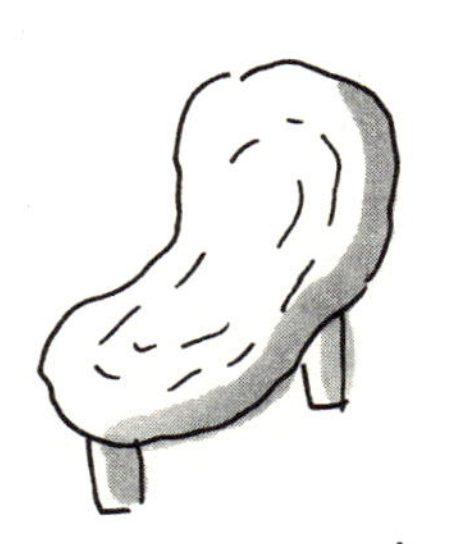

用途不明の家具
(木彫り力作)

石の彫刻の何か

あとがき

バロン

男子の会は、お互いに尊重し合いつつ、言いたい事を言い、面白ければ協力し合い、つまらなそうな事には手を出さず、信用しているけれども少ししていない間柄だが非常に仲が良いという、とても大人なチームだ。

たいていの場合、私と長尾さんが男子の会の日程を決め、私が他のメンバーに連絡するという事になっている。つまり私は連絡係なのだ。

「さくらさんに連絡係をやらせるなんて、なんか申し訳ないなァ」と全員口を揃えて言うが、「じゃあ代わりにやります」と名乗り出る者はひとりもいない。なので仕方なく、私がやり続けている。

男子の会は、だいたい月一回、多い時は二回やる事もあるが、皆できる限り出席するように心掛けている。欠席すると何を言われるかわからないという事もあるが、とにかく最初から最後までおかしくておかしくて大笑いし通しなので、欠席してる場合じゃないのだ。

話の内容としては、何かに対してのイメージや感想、その他それぞれの欲望や疑問などの漠然としたものから、思い出話やうまい店の話など幅広く語り合うがほとんど意味は無い。しかしながら、たいくつな話をする者がひとりもいないところが、男子の会のすばらしさなのだ。

面白ければそれでいい、という事を大切にしている会ともいえる。その好例が、今回主役になった植田さんだ。植田さんの現状は、いちいち考えてみればみるほど悪いのだが、でも面白いからスポットが当てられたのだ。

今回は植田さんだったが、メンバーである以上、いつ自分が植田さんのようにスポットな存在になるかはわからない。特に私と長尾さんと江上さんは〝面白い事優先〟という性格が強く、たとえそれが自分の恥でも、面白ければついつい喋るし、笑われてなんぼという気構えでいるので、第二の植田さんになる可能性は高い。

植田さんは別に〝笑われてなんぼ〟なんて思ってもいなかったのに、こうなってしまったのだ。ある種の人徳ともいえる。

一番スポットが当たらないように気をつけているのは山崎君で、彼は決して自分からすすんで自分の事を喋らないし、尋ねても明確な答えを言わないので、みんなから「山崎君の事はよくわからない」と言われているが、他の人の事はよく知っている。スパイ向けの人材だ。

これまでに何度も男子の会では〝新メンバーを加えるかどうか〟というテーマで話し合ってみたが、必ず「それは難しい」という結論に達し、終了している。ひと言で言えば、この会のノリと性格的な相性がピタリと合う人というのがなかなかいないのだ。それだけこの会はくだらない個性が強く、くだらないわりには結束が固いという事なのだろう。

今回、タミフルのくだりを書いている時、私は真剣に悲しくなった。もしも本当に全員新型インフルエンザにかかり、誰かの分のタミフルが足りなかったとしたら、一体誰が助からないのだろう……と思うと考えたくなかった。

その原稿を植田さんに見せると、植田さんは「さくらさんは、今まで充分いい事があったんだから、さくらさんのタミフルをオレに下さい。もういいじゃないですか」と言った。

おまえはもういいから死ねと言っているのだ。あたしゃ驚き、ふざけんなこの万博野郎と思ったが、かろうじて沈黙を守り、もしもの時は植田さんにタミフルをあげるのはよそう、と心の中にメモをした。

これを読んで下さった読者の皆様の中には、『焼きそばうえだ』にぜひ行ってみたいという有難くも物好きな方もいらっしゃると思う。それで一応、ローランさんのプチホテルの地図を載せておくが、御存知のとおり、バリではテロが起こるような危険な地域もあり、ローランさんのプチホテルがわざわざ標的になる事は無いとは思うが、渡航の際には充分注意して欲しい。

また、ローランさんのプチホテルはとても清潔で、宿泊料も安く（一泊二五〇〇円ぐらい）食中毒になったりする事は無いと思うが、とにかく日本とは全く違う気候だし、他の店の衛生状態は必ずしも良いとは思えないし、ローランさんの店で食べた後に体調が悪くなったと言われても、ローランさんも男子の会も責任は負えないので、その点も充分注意して欲しい。

焼きそばうえだを作るにあたり、ローランさんの家族と弥生さんには大変お世話になった。タミフルを分けてくれた木村君のお母さん、その他たくさんの皆様に深く感謝すると共に、これを読んで下さった皆様にも、深く感謝申し上げる。

二〇〇六年

さくら　ももこ

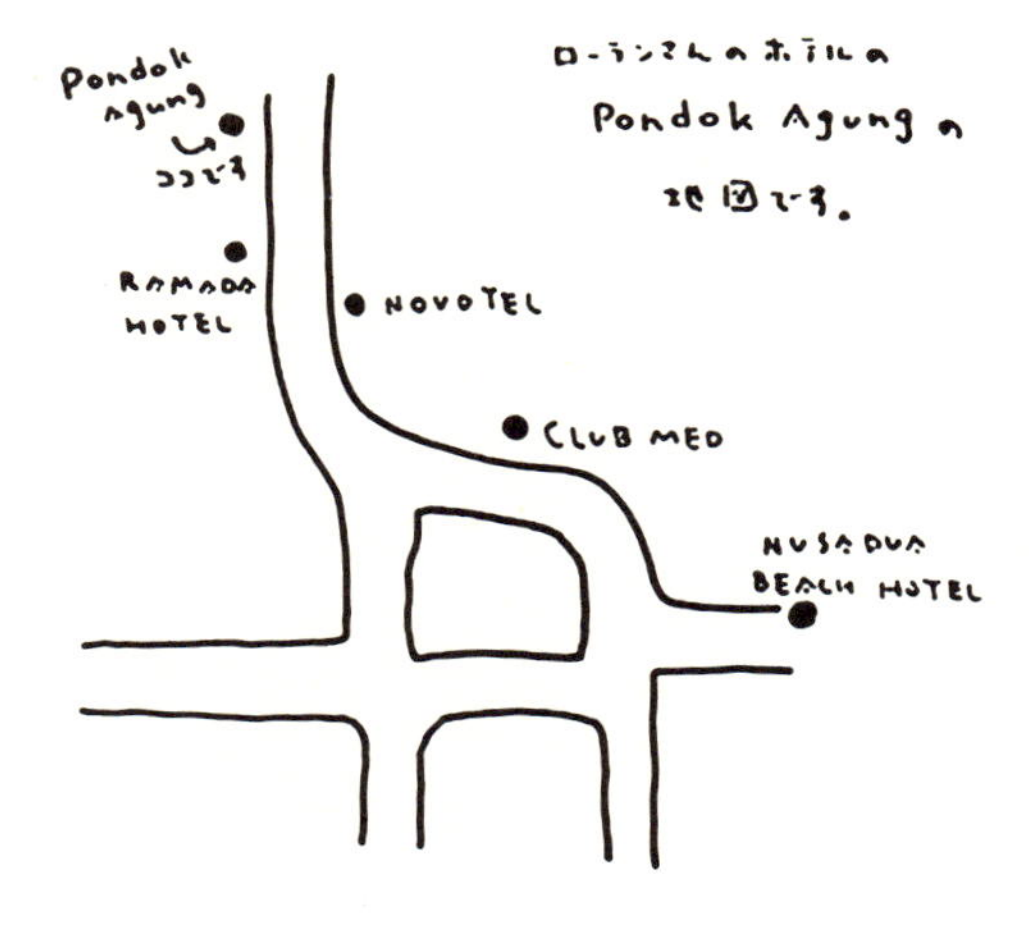

住所　Jl Pratama Tanjung Benoa Bali Indonesia

※「焼きそばうえだ」は2010年3月に営業を終えました。
　ローランさんのホテルは現在もご利用頂けます。（2019年3月）

おまけ写真館

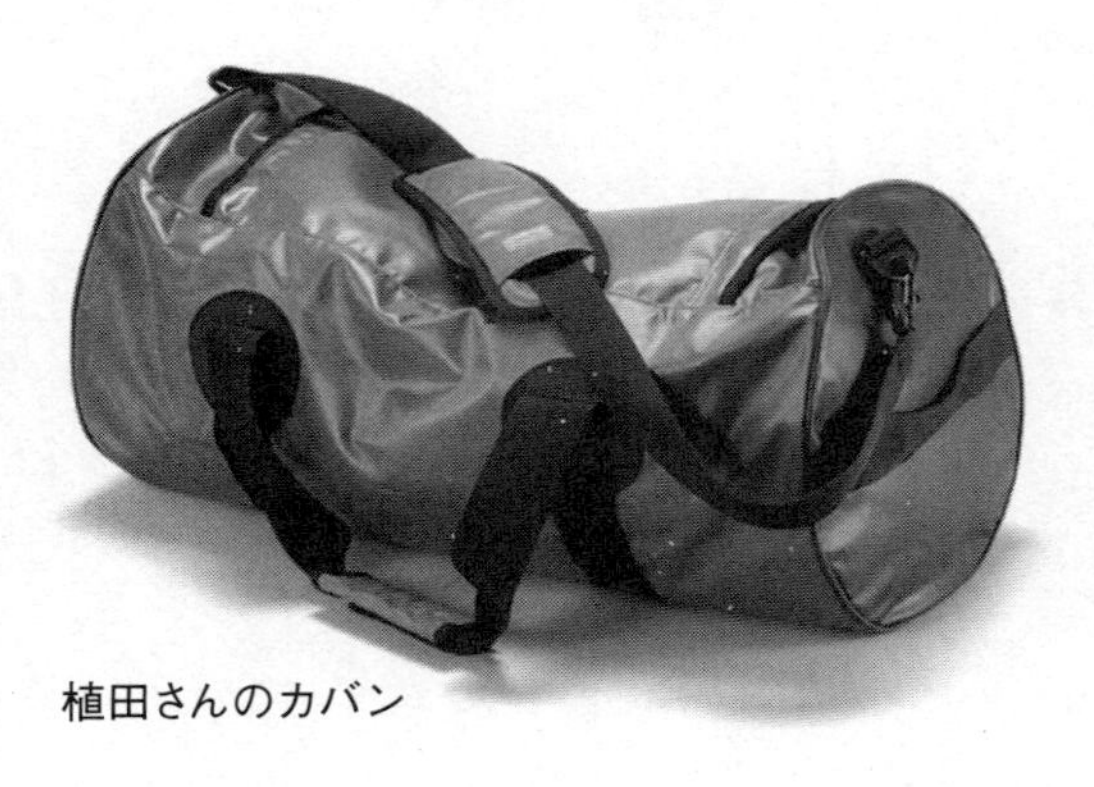

植田さんのカバン

最初に見たお店

取材中に車が
パンクしたことも…

日本から
持ってきた荷物

試作中の厨房

家具選び

食器も迷いました…

親切なローランさん

男子の会

がんばって描いた
看板

ここが「焼きそばうえだ」の
入り口

みんなでお祈り

ついに完成！

集英社文庫

焼(や)きそばうえだ

2019年 6 月30日　第 1 刷
2023年 1 月17日　第 3 刷
定価はカバーに表示してあります。

著　者　さくらももこ
発行者　樋口尚也
発行所　株式会社 集英社
東京都千代田区一ツ橋2-5-10　〒101-8050
電話　【編集部】03-3230-6095
【読者係】03-3230-6080
【販売部】03-3230-6393（書店専用）
印　刷　凸版印刷株式会社
製　本　凸版印刷株式会社

フォーマットデザイン　アリヤマデザインストア　　マークデザイン　居山浩二

ISBN978-4-08-745892-3 C0195